현대귀환
마법사

The
Archmage
Returns

현대 귀환 마법사 1

인기영 장편 소설

초판 1쇄 찍은 날 § 2012년 10월 24일
초판 1쇄 펴낸 날 § 2012년 10월 31일

지은이 § 인기영
펴낸이 § 서경석

편집부장 § 권태완
편집책임 § 박우진

펴낸곳 § 도서출판 청어람
등록번호 § 제1081-1-89호
등록일자 § 1999. 5. 31
어람번호 § 제1-1477호

주소 § 경기도 부천시 원미구 심곡2동 163-2 서경B/D 3F (우) 420-822
전화 § 032-656-4452 팩스 § 032-656-4453
http://www.chungeoram.com
E-mail § chungeorambook@daum.net

ISBN 978-89-251-3048-4 04810
ISBN 978-89-251-3047-7 (세트)

FUSION FANTASTIC STORY

인기영 장편 소설

현대귀환 마법사

The Archmage Returns

1

도서출판 청어람

현대귀환
마법사

CONTENTS

Prologue

내가 왜 디프로티아 대륙에서 기를 쓰며 9서클 마법사가 되었냐고?

한 맺힌 전생의 내 땅, 대한민국에서 잘살아보려고.

The Archmage Returns

제1장

환생과 회귀

전생의 내 삶은 구질구질함 그 자체였다.

막말로 막장 인생이 따로 없었다.

드라마나 소설 속에서 청소년기의 학생들이 비뚤어지는 가장 큰 원인, 사고사로 인한 부모님의 부재라는 사건이 날 찾아왔다.

순식간에 나는 고아가 되었고, 여느 영화 속 주인공에게 더욱 큰 시련을 안겨주기 위해 아주 좋은 장치인 한 살 터울 여동생의 생계까지 책임지게 되었다.

왜 이런 일이 내게 일어나야 하는 건지 도무지 이해할 수 없었다.

안 그래도 우리 집은 힘들게 살아왔다.

착한 부모님 아래에서 나도 동생도 착하게 커왔는데, 삶은 늘 힘들기만 했다.

청렴결백하시고, 부정부패를 모르시고, 맡은 일만 열심히 하시던 부모님은 마냥 착하기만 했다.

한데 현대의 세상은 착하기만 해서는 먹고살 수 없다는 걸 그땐 몰랐다.

착한 것도 정도껏이지 너무 착하면 온순해 보이고, 온순해 보이면 무시당하고, 무시당하면 가지고 있는 것을 빼앗긴다.

우리 아버지는 회사에서 밥 먹듯이 야근을 하며 부서 실적을 올려주었지만, 결국 승진하는 건 야근보다 회식 자리에 더 자주 나가는 사람들이었다.

우리 어머니는 어느 부잣집의 파출부 일을 하셨다.

일주일에 한두 번 겨우 집에 들어오셨으며, 나머지 시간은 다 부잣집에서 보내셨다.

그렇게 악착같이 일했는데도 받는 돈은 많지 않았다.

아버지와 어머니가 벌어오는 돈은 물가 폭탄을 맞아 천정부지로 치솟는 생활비와 공과금을 메우는 것도 빠듯했다.

한데 거기에 이 년 전, 어머니가 가게를 차리느라 마련했던 대출 빚에 이자까지 갚아 나가려니 여간 허리가 휘는 게 아니었다.

나와 여동생은 어린 시절부터 절약에 대해 배워야 했고, 절제하는 법을 익혀야 했다.

그렇게 힘들게만 살아온 우리였는데, 부모님이 돌아가셨다.

그게 내 나이 열아홉의 일이다.

이후 나와 여동생의 성격은 급격히 어두워졌다.

그리고 서로 약속이나 한 듯 똑같이 각자의 반에서 왕따를 당했다.

누가 들으면 정말 소설 속에서도 나오기 힘든, 막장의 막장까지 간 인생이라 할 수 있겠지만, 우습게도 그게 현실이었다.

세상에, 이제 갓 고등학교 문턱을 넘은 철딱서니들도 아니고 열아홉이나 되는 녀석들이 왕따라는 문화를 답습할 줄은 꿈에도 몰랐다.

그때부터 하루하루가 지옥이었다.

집에서는 끼니 걱정에 힘들었고, 학교에서는 동급생들의 구타 때문에 힘들었다.

가끔 유일한 핏줄인 삼촌이 우리 남매를 보살펴 주러 왔지만, 그다지 큰 힘은 되지 않았다. 게다가 당시 삼촌도 개인적인 문제로 힘들어하던 시기였다.

결국 삼촌은 몇 달 지나지 않아 우리 집에 발걸음을 끊어버렸다. 삼촌이 운영하던 고깃집에 한 번 찾아가 봤지만, 꽉 잠긴 유리문 너머로 십 수장의 고지서만 쌓여 있을 뿐이었다.

그 이후로 삼촌을 더 이상 볼 수 없었다. 어찌보면 유일한 보호자가 사라져 버린 것이지만, 그조차도 내겐 무감각했다.

당시의 난 이미 심신이 피폐해져 버렸기에 삼촌의 상황을 살필 겨를도, 동생의 아픔을 감싸줄 여유도 없었다.

오빠인 내가 조금 더 동생을 신경 썼어야 하는데 그러지 못했다. 그저 짜증만 늘어가다 나중엔 서로에게 무감정해져 버렸다.

그래, 이것이 무서운 일이었다.

혈육에게 무감정해진다는 것.

난 그게 그렇게 무서운 건 줄 꿈에도 몰랐다.

결국 어디 한군데 기댈 곳 없던 내 동생은 자기보다 세 살 많은 어느 놈팡이에게 홀려 가출을 했다.

그런데 웃기게도 난 동생이 가출했다는 사실에 안도하고 말았다.

이제 동생이라는 짐을 업고 가지 않아도 됐기 때문이다. 책임감이라는 무게에서 해방된 홀가분함이 그나마 내 숨통을 조금 트이게 만들어주었다.

제발 그 놈팡이가 개과천선해서 내 동생과 결혼해 잘살아주었으면 하는 바람이었다.

그렇다면 나 혼자 굶어 죽어도 상관없다는 심정이었다.

한데 몇 달 후, 동생은 돌아왔다.

차마 말로 설명할 수 없는 몰골을 하고서.

동생은 집을 떠나기 전보다 훨씬 더 엉망으로 망가져 있었다.

누구도 자신의 몸을 만지지 못하게 했고, 타인과 시선을 마주치려 들지도 않았다. 게다가 늘 몸을 부들부들 떨어댔다.

동생은 친오빠인 나에게조차 맘을 열지 않았다.

이미 서로 맘을 닫아버린 그 순간, 그래서 동생이 집을 박차고 떠난 그 순간에 우리 사이엔 거둘 수 없는 벽이 생겨 버린 것이다.

멍청하게도 동생이 완전히 망가져 버린 다음에야 난 책임감이라는 것을 통감했다.

이렇게 살 순 없다는 생각이 문득 들었다.

학교에선 왕따에 집에선 동생 입에 고기반찬 한번 제대로 넣어주지 못하는 못난 오빠였지만, 뭐라도 해야겠다는 마음이 일었다.

그래서 아르바이트를 시작했다.

새벽엔 신문을 돌렸고, 저녁엔 식당에 나가 접시를 닦았다.

둘 다 많은 돈을 벌 수 있는 일은 아니었지만 그래도 열심히 했다.

지금 우리는 십 원 한 푼이 아까웠고, 크든 작든 돈을 받으면 지금보다는 나은 삶을 살 수 있을 테니까.

그렇게 꼬박 한 달을 일해 돈을 벌었다.

내가 일해서 번 수십만 원으로 인해 가슴이 뿌듯했다.

집에 갈 때 삼겹살을 사갈까? 동생이 좋아할까? 오빠 노릇 제대로 한 적이 없는데. 아니면 머리핀을 사갈까? 그것도 아니면 영화를 보여줄까?

이런저런 생각에 신이 났었다.

그런데 그런 내 앞을 학교에서 늘 날 괴롭히던 패거리들이 가로막았다.

그놈들은 이미 내가 아르바이트를 한다는 걸 알고 있었다.

한데 아무 말도 없이 지켜봤던 건 바로 월급 탄 날을 노리기 위해서였다.

난 녀석들에게 제대로 된 저항 한번 못해보고서 월급을 통째로 빼앗겼다.

경찰에 신고할까도 생각했으나 당시의 난 그럴 용기도 없는 머저리였다. 신고를 하면 그 이후에 돌아올 거센 보복이 너무나 두려웠다.

죽고 싶었다.

부어터진 얼굴로 집에 돌아가려니 동생을 볼 면목이 없었다.

오늘 돈 받으면 네가 좋아하는 것 다 해주겠다고 그렇게 자랑하고 나왔는데, 이제 어떻게 들어간단 말인가.

그래도 떨어지지 않는 발걸음을 옮겨 집에 들어섰다.

한데 집에서 날 반긴 건 차갑게 식어버린 동생의 시체였다.

동생은 피투성이가 된 방바닥 위에 누워 피골이 상접한 가여운 모습으로 눈을 감고 있었다.

동생의 몸엔 약간의 온기도 남아 있지 않았다.

나는 기가 탁 막혀 눈물도 나오지 않았다. 비명조차 지를 수가 없었다.

그저 동생의 옆에 아무렇게나 굴러다니던 피 묻은 식칼을 주워 들 뿐이었다.

그리고 동생의 팔목에 나 있는 것과 똑같은 상처를 만들었다.

처음엔 화끈거리더니 나중엔 따가웠고, 그다음엔 차가워졌다.

죽을 용기로 차라리 살라고? 웃기는 소리다. 그때의 내겐 죽을 용기로 사는 것보다 세상에 저항할 용기로 죽는 것이 더 쉬웠다. 지옥 같은 삶 대신 평안한 안식이 간절했다.

난 동생의 옆에 누워 나뭇가지처럼 앙상한 녀석의 손을 잡고서 눈을 감았다.

그것이 전생의 내가 대한민국이란 나라에서 마지막으로 겪게 된 사건이다.

* * *

어린 시절.

사람들은 내게 상상력이 뛰어나다고 말했다.

"이즈멜, 네가 마법사의 길을 걷게 된 건 축하할 만한 일인데, 제발 그 뚱딴지같은 전생 얘기 좀 하지 마. 너 마법학교 들어가더니 그 헛소리가 더 늘었어."

이즈멜.

디프로티아 대륙을 살아가는 내 이름이다.

내게 저런 말을 하는 녀석은 고아원에서 나와 가장 친했던 죽마고우 로셴이다.

난 내가 다섯 살 무렵이 되는 순간 전생을 기억해 냈다.

당시 난 무더운 여름밤, 태어나자마자 부모에게서 버림받은 고아였고, 지나가던 행인들에게 발견되어 고아원에서 생활하는 상황이었다.

전생의 기억이 떠오르기 전까진 또래의 아이들과 별다를 게 없이 지내왔다.

한데 전생의 기억이 떠오르고 나서부터 모든 것이 변해 버렸다.

난 또래의 아이들보다 조숙해졌다.

왜 전생을 기억하게 된 건지에 대한 의문으로 하루를 낭비할 때가 많았다.

그리고 전생의 기억으로 인해 찢어질 듯 가슴이 아플 때 또한 많았다.

때문에 또래답지 못한 날 고아원의 모든 아이들은 싫어했다.

하지만 유일하게 로셴만이 내게 거부감없이 다가왔다.

그로 인해 로셴과 난 둘도 없는 친구 사이가 된 것이다.

그러다 로센이 열두 살이 되었고, 내가 열한 살이 되었을 때 난 처음으로 녀석에게 내 비밀을 털어놓았다.

난 전생의 일을 기억한다고.

로센은 처음엔 흥미로운 표정으로 내 말을 들으려 했다. 그런데 전생의 얘기가 시작된 지 십여 분 정도가 지났을까?

로센은 금세 내 이야기에 흥미를 잃었다.

허무맹랑해도 너무 허무맹랑하다는 것이 그 이유였다.

"뭐? 버스라는 이동 기기가 수십 명의 사람을 태우고서 말보다 빠르게 달리고, 비행기라는 기체가 수백 명의 사람을 태우고서 드래곤처럼 하늘을 난다고?"

"그렇다니까."

"이즈멜, 아무래도 지금 너한테 필요한 건 종이와 펜 같다."

"왜?"

"훌륭한 작가가 될 테니까."

로센은 늘 내 이야기를 바보 같은 농담 정도로만 여겼다. 자신은 절대 그 말에 속아 넘어가지 않는다면서 말이다.

나는 나름대로 비밀이라고 십일 년 동안, 아니, 다섯 살 때부터 전생을 기억했으니 정확히는 칠 년 동안 혼자만 품고 있던 것을 모두 얘기했는데 이토록 가벼운 반응이라니?

사실 조금 어처구니가 없었다.

이게 비밀로 삼을 거리가 되지 않나 싶어 다른 사람들에게도 전생의 기억을 들려주었다.

한데 하나같이 반응은 로센과 마찬가지였다.

다들 내 말을 도통 믿으려 들지 않았다. 같이 생활하는 고아 형제들은 물론이고 선생들까지도 말이다.

그런 내 전생 얘기는 엉뚱한 방향에서 도움이 되었다.

그전까지는 내 무거운 분위기 때문에 접근도 안 하던 고아 형제들이 다가오기 시작한 것이다.

그들에겐 내 전생 얘기가 엉뚱하다 못해 재미있었던 모양이다.

열다섯 살이 되던 날.

나는 한 달에 한 번씩 고아원을 방문해서 마법을 가르쳐 주던 마법사의 손에 이끌려 마법학교에 들어가게 되었다.

그 마법사의 이름은 다피넬 루루스였다.

다피넬은 디프로티아 대륙에서 다섯 손가락 안에 드는 위대한 마법사로서, 8서클에 이른 사람이었다.

그는 일흔이 넘은 나이에도 후학 양성에 공을 들였다.

때문에 전국 각지의 고아원을 일 년에 두 번 꼴로 돌아다니며 무료로 마법강의를 해주었다.

그러다 그 안에서 재능이 보이는 아이가 있으면 그의 추천으로 마법학교에 보내주었다.

내가 바로 그런 케이스였다.

대한민국에서는 태어나면서부터 삶이 끝나는 그 순간까지

인생 자체가 흙빛이었다.

한데 여기선 고아라는 출신 성분만이 약간 불행할 뿐, 그 이후로는 제법 괜찮은 삶을 살게 되었다.

친구 하나 없던 전생과 달리 로센이란 단짝을 얻게 되었다.

날 일부러 괴롭히는 고아 형제도 없었고, 왕따라는 것도 당하지 않았다.

열다섯 살이 된 이후엔 마법학교에 입학해서 열심히 마법을 수련했다.

게다가 나는 천성적으로 마법을 익히기에 특화된 체질이라고 다피넬은 말했다.

때문에 다른 사람들보다 배 이상 빠른 속도로 마법을 익혀 나갔고, 열여덟 살이 되었을 땐, 마법학교에 입학한 학생들 중 가장 짧은 시간 만에 3서클 마스터가 되어 졸업했다.

마법학교는 3서클 마스터가 되는 순간 무조건 졸업을 시킨다.

그 이후부터는 마법학계 소속인 빛의 탑에 들어가게 된다.

난 최연소의 나이는 아니었지만, 최단 기간 3서클에 이른 마법사로서 빛의 탑의 일원이 되었다.

그리고 빛의 탑에 비치되어 있는 수많은 마법 서적을 읽다가 고대에 차원이동 마법이라는 것을 연구한 적이 있단 글귀를 접하게 된다.

그때부터 내 마음속엔 분명한 한 가지의 목표가 생겼다. 그리고 그 목표를 이루기 위해선 9서클의 자리에 올라야 했다.

난 목표를 정한 이후부터 미친 듯이 마법에 정진했다.

그리하여 이 년이 더 흘렀을 땐, 최연소이자 최단기 4서클 마스터가 되었다.

다시 일 년 뒤엔 또 한 번 최연소 마법학교 선생이라는 타이틀을 얻을 수 있었다.

삼 년 동안 마법학교에서 선생으로서 학생들을 가르치며 개인적인 마법 수양을 열심히 했다.

결국 스물세 살엔 5서클 마스터가 되었고, 난 선생 직을 반납한 뒤 학원에서 나왔다.

이후부터는 다피넬 스승님을 따라 전국을 순회하며 마법 수련을 해 나갔다.

다피넬 스승님은 그때 이미 일흔 후반의 나이로 많이 노쇠해 있었다. 한데도 여전히 후학 양성을 위해서 전국 순회를 멈추지 않았다.

때문에 스승님께는 수발을 들어줄 사람이 필요했고, 내가 그 자리를 자청한 것이다.

스승님은 그렇게 이 년 동안 나와 함께 전국을 순회했다. 그리다 따스하고 포근한 어느 봄날 아침, 주신의 곁으로 돌아가셨다.

당시 내 나이는 스물다섯.

스승님을 따라다니며 마법에 대한 이해가 깊어지고 깨달

음을 얻음으로써 6서클 마스터의 경지에 오를 수 있었다.

그러나 7서클의 경지는 쉽사리 손에 잡히지 않았다.

장장 십 년 동안 제자리걸음을 하며 끊임없이 헤맨 끝에 겨우 7서클의 문턱에 발을 디딜 수 있었다.

그 무렵부터 사람들이 내게 끊임없이 묻기 시작했다. 왜 그렇게 기를 쓰면서 9서클 마법사가 되려 하느냐고. 난 거기에 대해 대답하지 않았다.

대신 그들의 입장에서 듣기엔 엉뚱한 얘기를 꺼냈다.

바로 내 전생의 이야기를 말이다. 그러면 십중팔구는 무슨 뚱딴지같은 소리냐며 금방 떨어져 나갔다.

그렇게 지내다 보니 어느덧 내겐 드림메이지라는 수식어가 붙었다. 어감만 보면 참 괜찮은 것 같으나 그 속뜻은 '허무맹랑한 말만 지껄이는 마법사'였다.

남들이 그렇게 말하거나 말거나 나는 계속해서 마법을 갈고닦았다.

8서클은 생각보다 쉽게 다다를 수 있었다.

7서클과 8서클 사이엔 깨달음의 차이가 크지 않았다. 그래서 사 년 만에 8서클 마스터가 되었다.

그리고 마지막.

역사적으로 봐도 인간 중에서 채 다섯 명이 나오지 않았다는 9서클 마스터의 경지에 오른 건 내 나이 마흔 중반이 된 무렵이었다.

그야말로 대륙에 유례없었던 최연소 9서클 마법사가 탄생하는 순간이었다.

9서클에 도달한 나는 신의 영역이라는 차원이동 마법에 대해서 아무도 모르게 연구했다.

디프로티아 전 대륙에서는 시공간을 거스르는 모든 마법을 익히는 것이 금지되어 있었기 때문이다.

그래서 차원이동 마법 역시 금지되어 있었다. 시공간을 거스르는 것은 곧 신을 거스르는 것이라 여겨졌으니까.

때문에 차원이동 마법을 시전하기 위한 마법 공식 또한 오래전에 실전된 상황이었다. 그러나 나는 고대 서적에서 이 공식을 찾아내었고, 부족하고 미흡한 부분을 보완해서 점차 완성시켜 나갔다.

이것이 신을 거스르는 짓이라고?

웃기는 소리였다.

만약 신이 정말로 있었다면 우리 가족이 그 꼴이 되도록 그냥 지켜보고만 있었을까?

"신은 죽었어. 내 운명은 내가 개척한다."

어느 순간부터 난 그 말을 입버릇처럼 달고 살았다.

그리고 남 몰래 차원이동 마법을 연구하길 십여 년.

드디어 마법을 완성시킬 수 있었다. 한데 그것이 완벽한 것인지 불완전한 것인지는 확실하게 판단 내릴 수 없었다.

내가 이 대륙 최초로 차원이동 마법을 시전해 보는 마법사였으니까.

기록상으로 고대의 마법사들은 차원이동 마법을 연구만 했지 제대로 완성시키진 못했다고 한다.

내가 그토록 9서클 마법사가 되려 노력했던 이유.

내가 그토록 차원이동 마법을 완성시키려 했던 이유.

바로 대한민국에 가기 위해서다.

통한으로 가득 차기만 했던 그 빌어먹을 땅에서 다시 한 번 보란 듯이 잘살아보고 싶었다. 정확하게 다시 이야기하자면 복수하고 싶었다.

누구에게? 한국이라는 땅덩어리에게 말이다.

내가 복수를 할 수 있는 방법은 딱 한 가지밖에 없었다.

한국 땅을 다시 한 번 밟아 잘 먹고 잘사는 것!

그게 전부였다.

전생을 기억하지 못했다면 디프로티아 대륙에서 나름대로 멋지게 살았다는 사실에 만족하고 이 대지 위에 뼈를 묻었을 것이다.

하지만 난 전생을 기억한다.

그 기억들은 마치 트라우마처럼 작용해서 날 괴롭힐 때가 한두 번이 아니다.

이미 지나간 과거에 집착하는 건 바보 같은 짓이라고 할 수도 있지만, 난 집착하고 싶다.

잠이 들면 일주일에 다섯 번은 자살한 여동생의 시체가 나타나 가위에 눌렸다.

미친 사이코 살인마에게 살해당한 부모님의 시체가 툭하면 눈앞에 어른거렸다.

디프로티아 대륙에선 잘살고 있었지만 난 편하지 못했다.

어차피 9서클의 경지에 올랐을 때가 내 나이 마흔 중반이었다. 인생의 반 이상을 살았고 디프로티아 대륙에 미련도 없었다.

내 애증의 땅은 늘 대한민국이었으니까.

그래서 남은 인생은 대한민국으로 넘어가 살아보기로 했다.

일말의 후회도 남지 않도록 말이다.

그런 다짐이 나로 하여금 차원이동 마법을 만들게 했고, 지금 난 그것을 시전하려는 중이다.

십 년 동안 연구해서 완성시킨 차원이동 마법 공식을, 그리고 시전어를 외쳤다.

"텔레포테이션."

순간 내 몸은 환한 빛에 휩싸였다. 동시에 정신이 아득해졌고, 깊은 나락으로 떨어지는 기분과 함께 까무러치고 말았다.

                    *   *   *

고대 문서엔 그렇게 표현되어 있었다.

차원이동 마법을 시전하는 순간 눈앞에 여러 개의 문이 생겨나고 그중 자신이 이동하고 싶은 차원의 문을 열면 그곳으로 가게 될 것이라고.

그런데 어둠 속에서 눈을 뜬 내 앞엔 하나의 문밖에 존재치 않았다.

거인들이나 드나들 법할 만큼 웅장하고 거대한 문은 환한 빛을 발하고 있었다.

난 그 문에 가까이 다가갔다. 그리고 문을 열었다.

그러자 섬광이 쏟아지며 문 너머에서 목소리가 들려왔다.

"그대도 속았군요."

그것은 대단히 중성적인 목소리였다. 남성의 것도 여성의 것도 아니었다. 하지만 지금 중요한 건 내게 말을 거는 목소리보다 그 안에 담긴 내용이었다.

"속았다니, 무얼 말입니까?"

"수천 년간 당신 말고도 세 사람이 더 이곳의 문을 두들겼지요. 그중 차원이동 마법의 진실에 대해서 알고 있는 사람은 최초로 이곳의 문을 두들긴 '돌프만' 뿐이었지요."

돌프만.

차원이동 마법을 처음으로 연구했고, 그에 대해 기술해 놓은 사람이다.

여태껏 차원이동 마법을 돌프만 이후에 내가 처음으로 시도한 것이라고 생각해 왔다.

한데 아닌 모양이다.

나 말고도 9서클에 올랐던 마법사 두 명이 돌프만의 차원 이동 마법을 익히고 시전했던 모양이다.

중성적인 목소리는 계속해서 내 귀를 자극했다.

"안타깝게도 당신은 이것이 어느 차원으로든 넘어갈 수 있는 마법이라 생각했겠지만 그렇지 않답니다."

"그럼… 제가 시전한 마법은 대체 무엇입니까?"

다음 순간, 믿을 수 없는 말을 듣고 말았다.

"천계의 문을 두들기는 마법이지요."

"…네?"

"아울러 천계의 문을 연 사람은 원래 살던 세상으로 돌아갈 수 없습니다. 천계의 문을 열었다는 것은 이미 그 세상과의 연을 끊었다는 얘기가 되기 때문이지요."

"맙소사, 왜 돌프만은 이런 짓을……!"

분노하는 내게 중성적인 목소리는 타이르듯 말을 걸어왔다.

"그는 천계의 사람이 되고 싶어했습니다. 하지만 그러기 위해선 지상계에서 수많은 업을 지우고 수백 번의 윤회를 거쳐야 합니다. 돌프만은 그런 과정 없이 천사가 되려 했고, 바로 당신이 시전한 마법 공식을 만들어낸 것입니다."

"그럼 제가 시전한 마법은……."

"천계의 문을 여는 마법입니다. 아울러 금기이지요. 때문에 돌프만은 자신이 연구하는 마법이 차원이동 마법이라 속

여왔던 것입니다. 당시에는 천계의 문을 여는 마법을 제외하면 모든 마법이 금기가 아니었으니까요. 어찌 되었든 인간에게 허락되지 않은 신들의 영역을 당신은 건드린 것입니다."

할 말이 없었다.

온몸에 힘이 쫙 빠져나갔다.

"이제 난 어떻게 되는 겁니까?"

"당신은 다른 차원으로 이동하려는 것이었지요?"

"그렇습니다."

"인간계에서는 시공간을 거스르는 마법을 금기시하고 있다지만 그건 틀린 얘기입니다. 그렇다면 스스로의 시계추를 빠르게 움직여 민첩성을 높이는 헤이스트 마법도, 공간과 공간 사이를 뛰어넘는 블링크와 디프로티아 대륙의 어디로든 갈 수 있는 텔레포트 마법도 금지되어야 합니다."

"하지만 그 마법들에 한정해서만 신께서 윤허해 주셨다고 들었습니다."

"우리는 관여한 적이 없습니다."

우리는? 그렇다면 지금 내게 말을 하고 있는 자는…….

"당신은 신… 이십니까?"

"그렇습니다. 여러 신 중에서도 디프로티아 대륙을 창조한 신 '루비네스'입니다."

"이럴 수가!"

다리에 힘이 쫙 풀려 주저앉고 말았다.

내가 신을 영접하는 일이 생길 것이라곤 꿈에도 예상치 못했다.

"우리는 인간이 천계로 넘어오는 것을 금지할 뿐, 지상계의 어느 차원으로 가려고 한들 이를 막지는 않습니다. 어차피 숱한 윤회를 거듭하다 보면 한 번씩은 거치게 되는 땅덩어리들이기 때문이지요."

"……"

맥이 풀려 입을 열 수가 없었다. 내가 그토록 비밀스럽게 연구해 온 차원이동 마법이 금기가 아니었다니. 지금껏 속아왔다니. 한데 차원이동 마법인 줄 알고 시전했던 것은 천계의 문을 두드리는 마법이었다.

속고, 속고, 속았다.

디프로티아 대륙의 주신 루비네스는 계속 말을 이었다.

"당신은 당신의 모든 것을 걸었는데, 이렇게 속아버리고 말았으니 원통하겠지요."

"원통합니다."

"당신의 마음속에 천계의 문을 두들기고 싶다는 욕심은 조금도 없었겠지요."

"없었습니다."

"그렇다면 보내 드리겠습니다. 당신이 원하는 그 세상으로."

루비네스의 그 말에 정신이 번쩍 들었다.

"그게… 정말입니까?"

"돌아가십시오. 당신이 그토록 원하던 그 세상으로. 그토록 바꾸고 싶어하던 그 시절로."

섬광처럼 쏟아지던 빛이 더욱 진해졌다.

그리고 난 또다시 정신을 잃었다.

*　　　*　　　*

"정우야, 그만 자고 일어나서 학교 가야지."

다정한 어머니의 목소리가 들렸다.

정우.

참으로 오래간만에 들어보는 이름이다.

전생에서 한국에 살 때 내 이름이 정우였다.

"오빠, 일어나. 늦겠다."

이건 내 동생 지우의 목소리.

어머니의 목소리만큼이나 반가웠다.

그래, 가끔 이런 꿈을 꾸었다.

일주일에 다섯 번은 동생이 자살하는 악몽을 꾸었지만, 가끔씩은 가족들과 함께했던 가난하지만 행복한 시절이 나오기도 했다.

'또 꿈을 꾸는 것일까?'

그렇게 생각하니 어디서부터 어디까지가 꿈이었던 건지

알 수 없었다.

차원이동 마법을 시전한 이후 천계의 문을 두드린 것부터가 꿈이었는지, 아니면 그때 난 죽어버렸고, 이것은 죽은 상황에서 보게 된 일종의 환상에 불과한 것인지.

"정우야, 일어나거라."

이번엔 아버지의 목소리까지 들려온다.

꿈은 늘 꿀 때 당시엔 현실처럼 생생하다. 잠에서 깨고 나서야 비로소 그것이 꿈이었다는 것을 인지하게 된다.

한데 이번의 꿈은 다른 때보다도 더욱 생생했다.

문득 루비네스의 마지막 말이 떠올랐다.

"돌아가십시오. 당신이 그토록 원하던 그 세상으로. 그토록 바꾸고 싶어하던 그 시절로."

나는 단지 대한민국으로 가고 싶다고 원했다.

한데 루비네스는 내 속을 훤히 들여다본 듯 그리 말했다.

사실 이왕이면 대한민국에서도 내 가족이 있던 그때로 가고 싶었다.

하지만 차원이동 마법보다 어려운 것이 시간 회귀 마법이다.

내가 내 욕심을 모두 차리려면 차원이동 마법과 시간 회귀 마법을 동시에 시전해야 하는데 그 정도의 능력은 없었다.

무엇보다 시간 회귀 마법을 성공적으로 시전한 마법사 또

한 역사적으로 존재치 않았다.

이게 꿈이 아닌 현실이라면, 진정 신께서 내게 기적을 내려주신 것이다.

신의 능력이 아니라면 이런 일이 벌어질 수 없다.

심장이 격하게 박동했다. 난 기대감을 가득 품고서 천천히 눈을 떴다.

꿈속에서 항상 보아오던 익숙한 천장이 나타났다.

그리고 반가운 얼굴 하나가 내 시야에 불쑥 들어왔다.

"오빠, 어서 일어나. 지각하겠어."

조막만 하고 귀여운 얼굴이 날 내려다보며 눈을 깜빡이고 있다.

그토록 그리워했던, 그리고 잘해주지 못해 맘속에 죄스러움으로 남았던 내 동생 지우였다.

"지우… 야."

동생의 이름을 부르다 말고 울컥 목이 막혔다.

눈에서 눈물이 고였다.

"오빠, 왜 그래?"

당황스러워하는 지우를 벌떡 일어나 나도 모르게 껴안았다.

"오, 오빠?"

"지우야! 미안하다, 지우야! 내가 오빠 노릇을 못했어! 널 지켜주지 못했어! 정말 미안해! 미안해, 내가!"

속사포처럼 말을 쏟아 뱉고 나서 가슴에 묻어놨던 한을 토하듯 펑펑 울었다.

"아니, 정우야, 왜 그러니?"

"정우, 무슨 일 있는 거냐?"

그런 내 모습이 걱정스러웠는지 부모님께서 다가왔다.

난 눈물을 닦고 부모님을 바라보았다.

윤택치 못하게 살아온 삶의 고단함이 두 분의 주름 사이사이에 가득 끼어 있었다.

나와 지우가 초등학교를 다닐 때엔 당신들은 매일 풀 반찬만 먹어도 자식들 도시락엔 어떻게든 고기반찬을 넣어주려 애쓰셨던 부모님이다.

우리가 중고등학교에 입학하고 나서는 부모님께서 옷 한 벌 사 입는 걸 본 적이 없다.

하지만 우리 남매의 옷은 싸구려라 하더라도 계절마다 바뀌었다.

자식을 끔찍이 아끼고 사랑하던 두 분이, 연쇄살인마에게 돌아가신 두 분이 지금 내 앞에 멀쩡히 살아 계셨다.

난 그 자리에 넙죽 엎드려 절했다.

"아버지, 어머니, 감사합니다. 지금까지 고생 속에 살아오시면서 자식들 잘 키워주신 은혜, 이제부터 제가 다 갚겠습니다!"

크게 소리치고서 고개를 드니, 가족들은 모두 어안이 벙벙

한 모습이다.

"오빠, 갑자기 말투가 왜 그래? 오빠 안 같아."

"그러게. 정우야, 너 간밤에 무슨 일 있었니?"

"나도 당황스럽다, 이놈아. 무슨 연극하는 줄 알았다."

가족들은 하나같이 날 이상하게 바라보았다. 난 그런 가족들의 얼굴을 보며 울다가 웃고 웃다가 울었다.

내가 진정될 때까지 부모님은 출근도 미뤘고, 지우는 지각까지 해가며 내 곁을 떠나지 못했다.

그런 가족의 따스함을 느끼고 나니 비로소 정말 내가 지구로 넘어왔다는 것이, 그리고 과거로 돌아왔다는 것이 실감되었다.

내 아팠던 전생을, 죄스러움과 고통으로만 가득했던 과거를 비로소 바꿀 수 있는 기회를 잡았다.

'감사합니다. 감사합니다, 루비네스님.'

난 디프로티아 대륙의 주신께 진심으로 감사한 마음을 전했다.

다시는, 두 번 다시는 우리 가족들이 파국을 향해 치닫도록 놓아두지 않겠다.

모든 것을 바꿀 것이다.

한 번의 환생과 회귀를 겪어가면서까지 여기에 온 내가.

'미래를 만들어 나가겠어.'

반드시.

the Archmage Returns

제2장
변화의 시작

　정말로 오래간만에 어머니께서 차려준 아침을 먹었다.

　작은 상 위에 올라온 반찬이라곤 김과 손수 담그신 김치, 그리고 나물 무침 몇 가지에 두부만 들어간 된장국이 전부였지만, 디프로티아 대륙에서 먹었던 그 어떤 음식보다 맛있었다.

　그 자리에서 밥 두 그릇을 뚝딱 해치워 버리자 어머니는 뿌듯함을 감추지 못했다.

　"우리 장남 정말 잘 먹네? 매일 이렇게만 먹어주면 좋겠다."

　난 지금 열아홉의 초여름, 그러니까 고삼 생활의 상반기를 보내는 중이었다.

당시의 난 입이 짧았다.

어렸을 적부터 이것저것 가리는 게 많았다.

그렇다 보니 대단히 마른 체형이었고, 몸에 힘도 없었다.

어머니는 늘 그런 날 안타깝게 여겼다. 가족들이 다 같이 모여 식사할 수 있는 유일한 시간이 아침이다.

해서 어머니는 아침상에 앉으면 늘 내 입에 한 숟갈이라도 더 넣게 하려고 애쓰셨다.

물론 난 그런 어머니의 마음도 몰라주고 아침을 거르기가 일쑤였다.

한데 지금 누가 시키지 않아도 밥을 두 공기씩이나 비워 버리니 어머니의 입가에 절로 미소가 맺혔다.

밥을 먹고 나서 난 내 몸에 대해 잠시 관조했다.

우선 심장의 마나를 살폈다.

예상한 대로 아홉 개나 되던 마나의 고리는 모두 사라져 버린 후였다.

'마나야 다시 모으면 되니 상관없어.'

마나라는 것은 대자연의 기운으로써 마법사들이 마법을 시전할 때 이용하는 에너지다.

마나는 대자연의 기운인 만큼 세상에 고루 퍼져 있다.

한마디로 어디를 가든 마나를 느낄 수 있다는 얘기다. 물론 일반인은 이를 느끼지 못한다.

마나와의 친화력이 강한 특별한 기감을 타고난 사람만이 마나를 느낄 수 있다. 그리고 이러한 사람들이 마법사가 되는 것이다.

디프로티아 대륙에서의 난 마나 친화력이 뛰어난 아이였다.

내 스승 다피넬은 이런 내 재능을 알아보고서 고아원에 들를 때마다 열심히 마법에 대해 이것저것 가르쳐 주었다.

그래서 난 쉽게 마법사가 되었고, 궁극에는 9서클 대마법사의 자리에까지 올랐다.

스승을 뛰어넘어 버린 것이다.

아무튼 그러한 전적이 있는 나였기에 아무리 전생의 몸으로 돌아왔다고 해도 마나라는 것은 느낄 수 있었다.

아까도 말했듯이 마나는 몸이 느끼는 게 아니라 제 육의 감각이 느끼는 것이기 때문이다.

이미 내 제 육의 감각은 활짝 열려 있는 상태다.

지금도 마음만 먹으면 주변의 마나를 단숨에 심장으로 끌어들일 수 있었다.

이렇게 마나를 심장에 모으는 행위를 마나사이펀이라고 한다.

'마나사이펀은 나중에 차차 해보기로 하고.'

이번엔 오러 홀이 있는 위치, 즉 하복부를 살펴보았다.

난 이즈멜로 살아가던 시절 마법사이면서도 신체의 단련

을 게을리 하지 않았다.

오러 홀은 신체를 단련시켜서 얻은 기운을 일종의 호흡법으로 저장해 놓는 거대한 공간이다.

한국식으로 표현하자면 오러 홀은 곧 단전이고, 오러는 기(氣)다.

마법사가 대자연의 기운인 마나를 사용하는 반면, 몸이나 무기를 사용하여 싸우는 투사들은 열심히 육신을 단련시키고 오러를 키워 이를 이용한다.

그러다 오러의 크기가 일정 수준 이상이 되면 이것을 자신의 의지대로 다룰 수 있게 된다.

손에 실어 장력처럼 발산할 수도 있고, 사용하는 무기에 실어 더욱 강한 위력을 발휘할 수도 있다.

난 딱 그 정도 수준까지 오러를 키웠다.

거기서 한 단계 더 발전하면 오러 홀에서 이끌어내어 주먹이나 무기에 실은 오러가 파란빛을 띠게 되는데 이때의 수준을 오러 익스퍼트라 한다.

그리고 보랏빛을 띠게 되면 오러 마스터라 이른다.

오러 마스터는 디프로티아 대륙에서도 딱 백 명 정도밖에 없었다.

오러 마스터의 경지를 뛰어넘는 그랜드 오러 마스터라는 경지가 있다는 얘기도 들었으나, 당시 내 눈으로 직접 그런 이는 보지 못했다.

오러를 키우는 것은 내가 개발한 '마나 트랜스'로도 충분하다.

마나 트랜스는 말 그대로 마나를 오러로 변환시켜 버리는 마법이다.

이것은 오로지 나만이 알고 있는 비법이다.

마법 공식 자체가 어렵지도 않고 마나를 많이 필요로 하지도 않기에 1서클의 수준만 되어도 충분히 시전할 수 있었다.

하지만 누구도 이 마법을 개발하지 못했던 이유는, 이 마법에 꼭 필요한 룬 문자를 알지 못했기 때문이다.

나도 우연히 잊힌 고대의 룬 문자 중 하나를 유적 탐사 중에 얻게 되어 이 마나 트랜스란 마법을 만들어낸 것이다.

마음 같아선 당장에라도 마나를 모아 마나 트랜스로 오러까지 키우고 싶었다.

지금의 육신이 너무 형편없었기 때문이다.

하지만 정황상 당장 급한 건,

"정우야, 뭘 그리 골똘히 생각하니? 가뜩이나 늦었는데, 어서 나가야지."

학교에 가는 일이었다.

*　　*　　*

지우와 나는 같은 학교에 다닌다.

정상고등학교.

이것이 우리 학교의 이름이다.

하지만 이름과 달리 비정상적인 인간들이 많았던 것으로 기억한다.

촌지를 어마어마하게 밝히는 선생과 대놓고 아이들을 차별 대우하는 선생부터 시작해서 자타 공인 꼴통 소리를 듣는 학생들이 우글우글 모인 것까지.

내가 이런 고등학교에 오게 된 것은 엄밀히 얘기하자면 공부를 못했기 때문이다. 지우 역시 마찬가지였다. 그렇다고 지우가 멍청한 건 아니었다.

다만 관심이 공부가 아닌 다른 쪽에 꽂혀 있었다.

지우가 하고 싶어하는 건 만화가였다. 지우는 그림에 대한 기초를 배운 적도, 애니메이션 학원에 다닌 적도 없다.

우리 가족이 지우의 뒷바라지를 해줄 형편이 안 되기 때문이다.

그럼에도 불구하고 그림을 무척이나 잘 그린다. 이미 지우는 인터넷상에서 컴퓨터 그림장으로 신의 경지에 이른 그림을 그리는 소녀로 유명했다.

그림장이란 시스템은 상당히 조악해서 수준 높은 그림을 그리기에 부적합했다. 게다가 우리 집 컴퓨터는 구식에다가 그림 작업을 하는 사람들이 하나 정도는 가지고 있는 태블릿도 없었다.

한마디로 지우는 마우스로 그림장에 그림을 그려왔다는 얘기다.

물론 넷상의 사람들은 이러한 사실을 믿지 않는다. 그림장으로 그림을 그린 건 인정하지만, 마우스가 아닌 태블릿을 이용했다고 믿는 실정이었다.

'지우가 지원만 든든하게 해줬으면 이쪽으로 크게 됐을 텐데.'

지우만 보면 가슴이 저려오는 나였다.

'하지만 걱정하지 마라. 이제부터 오빠가 널 꽉꽉 밀어줄 테니.'

난 지우를 뜨거운 시선으로 바라보았고, 지우는 그런 날 기이하게 마주 바라봤다.

"오빠, 왜 그래? 오늘 아침부터 이상해."

"그러니? 걱정하지 마려무나. 오빠, 아무 이상 없으니까."

"봐. 또 이상한 말투로 얘기하잖아."

"아, 그랬나?"

"병원 가봐야 하는 거 아니야?"

"괜찮아."

아무래도 이 말투부터 어떻게 해야 될 것 같았다.

디프로티아 대륙에서 쉰이 넘도록 살아왔더니 꼰대 같은 말버릇이 배어버렸다.

과거로 돌아와 어린 시절의 몸을 얻고 한국어를 구사하다 보니 짧은 시간 동안에도 말투가 좀 더 젊게 고쳐지긴 했지만, 그래도 노티가 나는 모양이다.

교문을 지나쳐 나는 본관 건물로, 지우는 별관 건물로 향했다.

3학년과 2학년 교실은 서로 다른 건물에 붙어 있었기 때문이다.

'우리 반이… 이 층이었나?'

기억을 더듬어 우리 반을 찾기 위해 계단을 밟아 올라갔다. 그런데 저 앞에 세 명의 학생이 시끄럽게 떠들며 건들거리는 모습이 보였다.

난 아무 생각 없이 그들 뒤를 따라 복도를 거닐었다.

터벅터벅.

실내화 소리가 크게 울리니 앞서가던 무리가 일제히 뒤를 돌아보았다.

'저 얼굴들, 절대 잊지 못하지.'

부모님이 죽고 극도의 우울증에 빠져 버린 날 왕따시키며 괴롭히던 놈들이다.

저 무리에서 가장 주먹을 잘 쓰는 우두머리 격인 녀석 이름이 차태광이었다.

그래서 항상 뭉쳐 다니는 그들은 태광이 패거리라고 불렀다.

태광이는 우두머리답게 가운데 서 있었고, 왼쪽엔 성진우가, 오른쪽엔 민재철이 붙어 있었다.

놈들의 얼굴을 보니 이가 악물리고 주먹이 쥐어졌다. 성질 같아선 당장 바닥에 패대기쳐 버리고 싶었지만, 아직까지 그들은 내게 아무것도 하질 않았다.

그리고 나 역시도 회귀하고 난 뒤 힘을 키우지 못했다. 지금은 저 녀석들을 혼내줄 명분도 힘도 없었다.

그래서 끓어오르는 분노를 씹어 삼켰다.

"공부 못하는 범생이가 어쩐 일로 지각이냐?"

태광이가 내게 말했다.

공부 못하는 범생이.

그게 내 이름보다도 더 많이 불렸던 별명이다.

학교에서 아무런 문제도 일으키지 않았고, 얌전히 지냈던 나다. 한데 공부엔 관심이 없었기에 성적은 늘 나빴다.

그렇다 보니 내 별명은 공부 못하는 범생이었다.

태광이 패거리는 잔뜩 비웃는 표정으로 날 바라보고 있었다. 그 더러운 미소를 접하자 잊고 있던 과거의 기억 몇 조각이 떠올랐다.

'그래, 난 이런 취급 받는 사람이었지.'

부모님이 돌아가신 후 왕따를 당하기 이전부터 기본적으로 주변 학생들에게 무시 받는 입장이었다.

누가 지나가다 나와 부딪쳐도 항상 사과하는 것은 내 쪽이었다. 식당에서 급식을 받을 때도 늘 맨 뒷줄에 서야 했다.

모든 자신감이 결여되어 늘 무시만 당하던 불쌍한 인생을 살아왔던 것이다.

내가 아무런 말도 없이 과거를 회상하고 있자니 태광이 패거리는 금세 내가 안중에도 없다는 듯 고개를 돌려 교실로 향했다.

'마침 잘됐군. 내가 몇 반이었는지 아리송했는데 저놈들 따라가면 되겠어.'

태광이 패거리는 나와 같은 반이었다.

난 녀석들의 뒤를 따라 반으로 들어갔다.

교실 안은 아침 자습 시간인지라 조용했다.

내 자리가 어디였는지 가물가물해서 잠시 동안 멍하니 서 있었다. 그러자 창가 쪽 중간 자리에 앉아 있던 어눌한 인상의 학생이 내게 손을 흔들었다.

'저 녀석은… 정오성. 오성이였지, 아마?'

유일하게 나와 말을 조금 섞던 내 짝이었던 것으로 기억된다.

난 오성이의 옆자리에 앉았다. 그러자 오성이의 걱정스런 물음이 들려왔다.

"정우야, 너 왜 늦었어? 무슨 일 있어?"

"아니. 아무 일 없다. 걱정하지 말아라."

내 대답에 오성이는 몸을 움찔거렸다.

"저기… 정우야, 너 말투가 왜 그래?"

"아, 신경 쓰지 마."

"어? 어, 알았어."

오성이가 내 한마디에 잔뜩 움츠러들어 입을 닫았다.

'아무래도 이거 조금 문제이긴 하군.'

디프로티아 대륙에서 난 감히 올려다볼 존재가 없는 대마법사였다.

그렇다 보니 국왕을 제외한 모든 이에게 하대를 했고, 스스로 오만하다고 느껴지는 감도 없지 않았다.

누구도 건드릴 수 없었던 절대지존의 존재가 바로 나였으니까.

한데 오성이는 원체가 유약한 아이다. 심성도 여리다. 그렇다 보니 나와 비슷할 만큼 아이들에게 무시를 당했다.

그런 녀석이 달라진 내 태도를 감당해 내는 건 쉽지 않은 일이었을 것이다.

그렇다고 내가 악의가 있어서 오성이에게 차갑고 딱딱하게 말한 건 아니다. 원체 그 말투가 입에 배어버렸기 때문이다.

그래도 고등학교 시절 유일하게 날 챙겨주던 녀석이었는데, 계속 상처를 줄 순 없는 노릇이다.

천천히 말투를 고쳐 나가거나 오성이에게만큼은 조금 부드럽게 말을 해야겠다고 다짐했다. 잘 될지는 모르겠지만 말이다.

자습 시간이 끝나고 나서 담임선생이 교실에 들어왔다.

"다들 푹 자고 왔니?"

"네~!"

담임선생의 말에 학생들이 씩씩하게 대답했다. 특히 남학생들이 말이다. 내 고삼 때의 담임선생은 '주미연'이라는 사람으로 선생치고 제법 예쁜 편인지라 남학생들의 절대적인 지지를 받았다.

한데 선생치고는 카리스마가 약했다. 마음이 약해서 잘못한 학생들을 제대로 체벌하지도 못하는 사람이었다. 그래서 늘 태광이 패거리의 짓궂은 장난에 당황할 때가 많았다.

담임선생은 간단한 조례 후에 메모장을 열어 네 사람의 이름을 호명했다.

"차태광, 성진우, 민재철, 하정우."

태광이 패거리 이름에 내 이름도 섞여 있는 걸 보니 오늘 지각한 사람들 명단인 모양이다.

"네 사람은 지각했으니까 쉬는 시간 동안 학생부실로 가 봐. 알았지?"

태광이 패거리는 아무런 대답도 하지 않은 채 그저 히죽 웃었다. 반면 나는 크게 대답했다.

"알겠습니다!"

그런 내 대답에 모든 학생의 시선이 집중되었다.

학생들은 상당히 어색한 드라마의 한 장면을 본 듯한 표정이었다. 당황하기는 미연 선생님도 마찬가지인 모양이다.

이거 갑자기 조금 민망하긴 하군.

여기가 한국이라는 걸 망각하지 말아야겠다.

"그, 그래, 씩씩해서 보기 좋네, 정우. 그럼 조례는 이것으로 마칠게. 반장."

"차렷! 선생님께 인사!"

"좋은 하루 되세요!"

"여러분도 좋은 하루 되세요~"

인사를 주고받은 뒤 미연 선생님은 교실 밖으로 나갔다.

나는 자리에서 일어서 학생부실로 향했다. 그런 내 뒤를 태광이 패거리가 껄렁거리며 따라왔다.

뒤에서 녀석들이 날 대놓고 비아냥거리는 소리가 들렸다.

"오늘 저 새끼, 왜 저래?"

"몰라. 드라마 잘못 보고 중2병이라도 걸렸나?"

"아주 지랄을 해요, 지랄을."

놈들이 뭐라고 하든 무시했다.

만약 전생의 나였다면 저들의 말에 움츠러들고, 가슴 아파하고, 자책했을 것이다. 그러나 지금의 난 달랐다. 지나가는 벌레가 사람을 욕한다고 그 소리에 기분 나빠하지는 않는 법.

태광이 패거리는 내게 딱 그 정도 수준이었다.

학생부실 문을 열고 들어가자 땅딸한 키에 배가 불뚝 나온 대머리 학생주임이 '비룡봉'이라 이름 지은 몽둥이를 들고서 우리를 맞이했다.

'미친개.'

그래, 이 인간 이름이 미친개였다.

중고등학교에 한 명씩은 꼭 있는 미친개. 그런데 문제는 이 미친개는 돈 없는 학생들에게만 이빨을 드러낸다는 것이다.

"아이고, 오늘은 넷이나 지각했어? 맨날 요 세 놈만 지각하더니 말이야."

미친개의 손에 들린 비룡봉이 태광이 패거리를 한 명씩 찍었다. 그런데도 태광이 패거리는 미미한 미소를 머금을 뿐이다.

"너희 담임선생님이 너무 여려서, 응? 항상 혼내는 건 내 몫이 되잖냐. 응? 나도 이 짓 지긋지긋하다. 지각 좀 하지 마."

그러자 태광이가 입을 열었다.

"죄송합니다, 선생님. 그런데 사정 좀 봐주세요. 오늘 얘들 다 우리 어머니 차 타고 등교했거든요. 그런데 접촉사고가 나는 바람에 어쩔 수 없이 지각한 거예요."

태광이의 말에 미친개가 충분히 수긍한다는 얼굴로 짐짓 놀란 표정까지 지었다.

"아, 그래? 어디 다친 데는 없고?"

"네."

"아이고, 큰일 날 뻔했네. 근데… 정우도 그래서 늦은 거야?"

"아니오. 정우는 왜 늦었는지 모르겠어요."

미친개의 시선이 내게 향했다.

조금 전까지 자애롭기만 하던 그의 인상이 날카롭게 변했다.

"넌 왜 늦었어? 응?"

입에서 튀어나오는 말투가 딱딱하고 차갑기 그지없다. 난 사실대로 대답했다.

"늦잠 잤습니다."

"뭐? 늦잠을 자? 이게 미쳤구만? 응? 태광이랑 너희들은 돌아가고 정우만 남아."

"감사합니다, 선생님."

태광이가 고개 숙여 인사하고서 자기 패거리들과 학생부실을 나갔다.

"엎드려."

나 혼자 남게 되자 학생주임이 대번에 내뱉은 말이다.

'태광이 부모님한테 뭘 많이 받아먹은 모양이군.'

태광이는 부잣집 도련님이다.

그렇다고 태광이네 집안이 무슨 대기업을 운영할 만큼 대단한 건 아니다.

다만 평균치보다는 훨씬 잘살기에 학교 내 돈 밝히는 선생들에게 충분히 돈을 건네줄 여력은 된다.

난 두말없이 시키는 대로 엎드렸다.

그러자 당장 비룡봉이 날아들었다.

퍽! 퍽! 퍽!

강하게 세 대를 맞았다.

엉덩이에서 적지 않은 고통이 밀려왔다. 지금의 내 몸이 워낙 형편없기 때문에 고작 이 정도 매질에도 고통을 느끼는 것이다.

하지만 신음 한번 흘리지 않았다.

디프로티아 대륙에서 살아갈 때 전장에 몇 번 차출된 적이 있는데, 만신창이가 되어 생사를 왔다 갔다 한 적도 있는 나다.

아무리 몸이 연약하다 해도 이 정도 고통은 충분히 감내할 수 있었다.

"일어나."

몸을 일으키니 미친개가 의자에 앉아 날 아래위로 흘겨보았다.

"어째 느그 부모님은 학교에 한번 찾아올 생각을 안 하냐. 응? 자식새끼 학교에 보냈으면 어느 정도의 정성은 보여야 하는 거 아냐? 그리 정성이 없어서 어떡해? 응?"

그 말을 듣는데 주먹이 부들거리며 떨려왔다.

그냥 예전 성질대로 앞뒤 재지 말고 확 뒤엎어 버릴까도 싶었다. 하지만 아직 내 몸엔 그럴 만한 힘이 없었다. 그러나 미친개에게 충분한 공포는 심어줄 수 있었다.

"허이고, 꼴에 자존심은 있나 보지? 주먹 떨리는 거 봐라? 응?"

그 순간 미친개와 나의 시선이 마주쳤다.

"이 새끼가, 뭘 꼬나⋯⋯!"

미친개가 험한 말을 내뱉으려 할 때, 내 안에서 잠자고 있던 살기가 폭사되었다.

미친개는 살기에 노출된 순간, 말을 다 끝맺지도 못하고서 굳어버렸다.

디프로티아 대륙에서 수많은 몬스터들을 학살했던 나다. 전장에서는 사람 목숨도 우습게 취했다.

지금의 내 몸이 약하다고 해서 그때의 살기까지 사라져 버린 건 아니다.

진정 사람을 많이 죽여본 이들만이 이러한 살기를 발산할 수 있다.

지구의 사람들은 기본적으로 심신이 허약하다. 따라서 이 정도의 살기만으로도 정신이 살짝 붕괴되었을 것이다. 하지만 미친개는 내 부모님을 욕보였다.

여기서 끝낼 생각은 조금도 없었다.

내 몸에서 흘러나오는 살기의 농도가 급격히 진해졌다.

"크읍!"

미친개의 얼굴에서 굵은 땀방울이 맺혀 턱으로 흘러내렸다. 흡뜬 눈은 붉게 충혈됐고, 악다문 이 사이로 숨넘어갈 것 같은 신음이 흘러나왔다.

"끄으으으으으."

미친개의 육신이 미세하게 떨리다가 심한 경련을 일으켰다.

살기가 그의 정신을 잡아먹어 지독한 공포를 불러온 것이다.

"사, 살려… 줘어……."

미친개가 가까스로 한 손을 들어 올리며 사정하듯 말했다. 하지만 날 자극한 이상 자비를 바라는 건 어리석은 일이다. 그럴 거였다면 애초에 건드리지 말아야 했다.

미친개의 사정에도 살기는 계속 짖어져만 갔다.

급기야 미친개가 가슴을 움켜쥐더니 소변을 지렸다. 그의 바지가 노란 액체에 젖어 축축해졌다.

"끄르륵."

게거품을 배어문 미친개는 고개를 뒤로 젖히며 기절했다.

녀석이 앉아 있는 의자와 바닥은 더러운 액체로 홍건해졌다.

그제야 난 살기를 거두어들였다. 이에 경직되어 있던 미친개의 육신이 축 처졌다.

난 기절한 미친개를 보며 말했다.

"미친개한테는 몽둥이가 약이지. 내가 널 돈으로 살 순 없지만, 공포로 짓눌러 내 발바닥을 핥게 만들 수는 있다는 걸 몸으로 기억해라."

그 말을 끝으로 학생부실에서 나왔다. 그리고 닫혀 있는 학생부실의 문을 주시했다.

'미친개, 이걸로 끝이 아니다. 조만간 먹은 거 다 토해내게 될 테니 기대해라.'

날 욕하는 건 상관없지만, 부모까지 들먹거린 마당에 여기서 끝내는 건 약하다.

그러기 위해선 우선 힘을 키워야 했다.

난 수업종이 치기 전 교실로 들어가 내 자리에 앉았다. 그리고 일 교시 수업이 시작되는 순간부터 열심히 마나사이펀을 실행했다.

그러는 사이 복도에서 선생 몇이 급하게 달려갔고, 체육선생이 오줌 지린 미친개를 업고서 어디론가 향하는 광경이 펼쳐졌으나 난 신경 쓰지 않았다.

*   *   *

사 교시가 끝나고 점심시간이 되었다.

일 교시가 시작된 이후 지금껏 의자에서 단 한 번도 엉덩이를 떼지 않았다.

쉬는 시간에도 부동자세로 꼼짝하질 않았다. 오로지 마나사이펀에 집중할 뿐이었다.

그 결과, 주변에 있던 마나들을 제법 심장으로 모을 수 있었다.

'썩어도 대마법사라는 건가? 1서클 급의 마나는 생각했던 것 이상으로 쉽게 모이는군.'

이대로라면 사흘 후엔 1서클에 올라설 수 있을 것 같았다.

"저, 저기, 정우야."

계속 마나사이펀에 집중해 있는데 옆에서 오성이가 내 이름을 불렀다. 난 말없이 오성이를 바라보았다.

"너… 점심 안 먹어?"

"응. 생각이 없어."

"아, 그, 그래?"

오성이는 무슨 말을 하고 싶은 건지 계속 입술을 오물거렸다. 그러다가 잔뜩 용기를 내어 말했다.

"그럼… 나 지나가게 조금만 비켜줄래? 사실 일 교시 끝나고부터 오줌이 마려웠는데… 너한테 말 걸 분위기가 아니라서 여태껏 참았더니 터, 터질 것 같아."

이 녀석은 확실히 담을 좀 키울 필요가 있다. 저런 성격으로는 장차 이 사회에서 밥 먹고 살기 힘들다.

"그럼 내가 뭘 하고 있든 미리 말을 했어야지. 아니면 책상을 밟고 넘어가든가."

"책상 밟고 넘어 다니는 건 좀 창피해서……. 다, 다음부터는 그렇게 할게."

난 의자에서 일어나 자리를 비켜주었다.

"어서 가."

"응."

교실에 있는 아이들이 속속 밖으로 빠져나갔다.

나는 여전히 제자리에 앉아 마나사이펀을 실행했다.

'곧 모두 나가고 나만 남겠지. 잘됐어.'

혼자서 조용히 있으면 마나사이편에 더욱 집중이 잘된다. 때문에 좋은 기회라고 생각했다. 그런데 한 아이가 유독 교실에서 나가지 않고 버티고 있었다.

여학생이었는데, 검은색의 긴 생머리가 유난히 고왔다.

내가 그 여학생의 뒷모습을 바라보고 있자니 그녀가 슥 고개를 돌렸다. 순간 우리 두 사람의 시선이 마주쳤다.

"너, 밥 안 먹어?"

여학생은 대뜸 물었다.

제법 예쁘장하게 생긴 그 여학생의 이름을 난 기억 속에서 끄집어냈다.

'민예슬.'

우리 학교에서 외모와 몸매로는 타의 추종을 불허했던 자타 공인 퀸카였지, 아마.

주변에 들러붙는 남학생들은 많았지만, 누구와도 사귀지 않았던 아이가 바로 예슬이다.

그녀는 대단히 콧대가 높았다.

기본적인 외형도 잘났는데 머리가 좋아 전교 삼 등 아래로 성적이 내려가 본 적 없고 운동신경도 제법이었다.

그렇다고 예슬이가 잘난 척이 심하다든가, 재수없는 행동을 한다든가, 혹은 태광이 패거리처럼 남을 무시하고 괴롭히는 건 아니었다.

교우 관계도 완만했고 남녀를 가리지 않으면서 두루두루

잘 어울렸다.

다만 이성으로 접근해 오는 남자들에게만 콧대가 높았다.

잘 놀던 친구 사이였더라도 예슬이를 여자로 대하는 순간, 그녀는 절교를 선언했다.

지금 생각해 보니 예슬이는 콧대가 높았다기보다 그저 연애에 관심이 없었던 게 아닐까 싶다.

사실 나도 그 시절엔 예슬이를 보고서 가슴이 떨렸다.

한데 디프로티아 대륙에서 동서양의 여배우 뺨칠 만큼 아름다운 여인들과 숱하게 엮이다 보니 이제는 예슬이를 봐도 아무런 감흥이 없었다.

디프로티아 대륙의 내 연애사를 깊이 파고들어 가보면 완벽한 천상의 외모를 가졌다고 일컫는 엘프 여인들도 심심찮게 나온다.

그렇다 보니 어지간히 예뻐서는 내 심장이 뛰지 않았다.

예슬이를 바라보는 내 시선이 무감정한 건 당연했다.

"정우야, 밥 안 먹느냐고."

예슬이 다시 한 번 물었다.

"안 먹어."

"왜?"

"그다지 배가 고프지 않아. 그리고 해야 할 일이 있어."

최대한 말투에 신경 쓰며 대답했다. 그런데도 예슬이는 내 말투가 걸리는 모양이다.

"어쩐지 너 하루 사이에 분위기가 많이 바뀐 것 같다?"

"너는 왜 식당에 안 가는데?"

그 말 속엔 질문 좀 그만하고 제발 식당으로 가달라는 뜻이 내포되어 있었다. 하지만 예슬이는 그런 내 저의를 조금도 파악 못한 모양이다.

"나 원래 점심 잘 안 먹어. 정 배고프면 그냥 우유 하나 먹는 정도? 점심시간에 이 넓은 교실에서 혼자 앉아 있는 게 좋거든."

"그래? 알았어, 그럼."

난 예슬이에게서 신경을 끄고 다시 마나사이펀을 실행하려 했다. 그런데 예슬이는 날 어이없다는 듯 바라보더니 조금 과격한 동작으로 고개를 휙 돌렸다.

남자에게 이런 대접 받아본 게 처음이라는 듯.

그런 예슬의 뒷모습을 보고 있자니 절로 미소가 입에 걸렸다.

'이성에겐 전혀 관심 없는 것처럼 하더니 그것도 아닌 모양이군.'

이후부터 난 마나사이펀에 푹 빠져들었다.

점심을 먹은 아이들이 교실로 돌아오고, 오 교시, 육 교시가 끝나고, 종례를 마친 뒤 야간자율학습 시간을 지나 하교 시간이 될 때까지.

그렇게 하루 일과를 마나사이펀으로 시작해 마나사이펀으

로 마친 난 집으로 향했다.

*   *   *

지우는 나보다 먼저 집에 돌아와 있었다.

부모님은 아직 퇴근하지 않은 모양이다. 아마 어머니는 앞으로 빨라야 오 일 후, 아니면 일주일 내내 돌아오지 못할 것이다.

부잣집 파출부 일을 하시는데, 그 집안에서 어머니를 제법 부려먹는 것 같았다.

예전의 난 그저 일이 많으신가 보다 생각했을 뿐이다. 하지만 그리 단순하게 생각할 문제가 아니었다.

어머니가 이런 고생을 하지 않게 하려면 얼른 내가 돈을 벌어야 한다. 승진 없이 야근만 늘어가는 아버지의 노고도 덜어드려야 한다.

화장실에서 샤워를 하고 밖으로 나온 난 내 방으로 들어와 침대에 걸터앉았다.

'돈을 벌 수 있는 방법이라…….'

2013년.

디프로티아 대륙에 비하자면 과학 문명이 대단히 발달한 이 나라에서 돈을 벌 기막힌 방법이 뭐가 있을까?

잠시 생각을 하던 내 머릿속에서 번개가 떨어졌다.

'디프로티아 대륙에선 지구의 과학 문명이 신기한 것이었

지. 반대로 디프로티아 대륙의 마법 문명은 지구에서 신기한 것일 테고.'

지구에는 마법이라는 것이 아예 존재치를 않는다.

그렇다면 내가 마법을 사용해서 돈을 벌 수 있는 방법은 얼마든지 존재한다.

간단하게 한 가지 예만 들어보자면, 각성 마법 웨이크닝의 마법진을 싸구려 마법에 그려 넣어 반영구적인 아티팩트로 만들어서 파는 방법이 있다.

아티팩트는 마법이 부여된 물품을 뜻한다.

아마 이 아티팩트는 잠이 부족한데 공부할 시간조차 부족한 수험생들, 그리고 피곤에 쩌들었는데도 업무량이 많아 야근을 밥 먹듯 해야 하는 회사원들에게 불티나게 팔릴 것이다.

'중요한 건 어서 마법적 성취를 이루어야 한다는 것이지.'

그때, 문이 열리며 지우가 들어섰다.

"오빠, 저녁 먹었어?"

"아직 안 먹었… 어."

또 나도 모르게 딱딱하게 말할 뻔했다.

"내가 라면 끓여줄까?"

라면.

그 이름을 듣는 순간 입안에 침이 한 가득 고였다. 디프로티아 대륙에 살면서 정말 그리웠던 음식 중 하나가 라면이다.

어머니의 밥상도 좋지만 라면도 좋았다.

게다가 지우의 라면 끓이는 실력은 가히 일품이었다. 난 흔쾌히 고개를 끄덕였다.

"좋아."

"알았어. 조금만 기다려."

라면 한 그릇을 단숨에 비워 버렸다.

쫄깃한 면발과 입안에서 확 퍼지는 국물의 매콤한 맛은 내 미각을 제대로 사로잡았다.

뜨거운 국물에 미리 퍼서 조금 식힌 밥까지 말아 먹고 나니 천국이 따로 없었다.

"오빠, 오늘 정말 잘 먹는다."

자리에 앉아 배를 두들기는 날 보며 지우가 말했다.

"오늘 따라 식욕이 돋네."

"잘 먹으니까 보기 좋아."

빙그레 웃는 지우의 미소가 못 견디게 귀여웠다.

이토록 예쁘고 사랑스러운 동생을 그땐 왜 그리도 지켜주지 못했을까.

'후회는 부질없지.'

앞으로 잘하면 되는 것이다.

"설거지는 내가 할게."

난 빈 그릇을 싱크대에 넣고서 설거지를 마쳤다. 부엌에서 나오니 지우가 생글거리며 날 바라봤다.

"오빠, 말투는 이상하게 딱딱한데 하는 행동은 부드럽네? 여자들이 정말 좋아하는 콘셉트인데?"

지우는 내가 지금 콘셉트 같은 걸 잡고 그에 맞춰 연기하는 것처럼 생각하는 모양이다.

난 그런 지우에게 미소 지어주고 내 방으로 돌아왔다. 그리고 마나사이펀에 빠져들었다.

*　　*　　*

월요일 새벽.

주말 동안 나는 밥 먹는 시간, 화장실 가는 시간, 세면하는 시간을 빼놓고서는 온종일 마나사이펀에만 집중했다.

잠자는 시간도 최소한으로 줄였다.

세 시간 이상 잔 적이 없다.

그리고 노력의 성과가 지금 나타나려 하고 있었다.

휘이이이잉.

심장에 모여든 일정량의 마나가 회전을 시작했다.

그에 따라 정좌하고 앉은 내 몸도 미세하게 떨려왔다. 그러다 마나가 회전을 멈췄다. 눈을 감은 난 심장에 생긴 마나의 고리 하나를 느낄 수 있었다.

"1서클."

입에서 기분 좋은 음성이 흘러나왔다. 눈을 뜨니 세상이 전보다 밝아 보였다. 탁했던 시야가 맑아진 느낌이다.

마나의 고리가 생기기 전엔 심장에 모은 마나를 사용할 경우 그만큼의 마나를 다시 끌어 모아야 한다. 하지만 1서클이 되어 마나의 고리가 생기면 마나가 고갈되어도 다시 1서클만큼의 마나가 절로 차오른다.

굳이 마나사이펀을 할 필요가 없다는 얘기다.

마나사이펀은 2서클의 마나를 모으기 위해서만 실행하면 된다.

"그럼 이제……."

난 머릿속으로 하나의 마법 공식을 만들어 나갔다.

내가 익히고 있던 룬 문자들을 조합한 뒤, 그 공식에 맞게 마나를 운용했다.

그리고,

"마나 트랜스."

마나를 오러로 치환하는 마법, 마나 트랜스를 시전했다.

그러자 1서클 급의 마나가 하복부에 있는 오러 홀로 빨려 들어갔다.

오러 홀에서 정신없이 요동치던 마나 덩어리가 점차 그 성질을 달리하더니 오러의 형태로 완벽하게 변했다.

난 그 오러를 얼른 전신으로 돌렸다.

그러자 오러가 몸속의 나쁜 기운을 흡수하기 시작했다.

그렇게 한 시간 정도가 지나고 나서 다시 오러를 오러 홀로 갈무리시켰다.

오러가 체내의 탁기를 흡수할 수 있는 한계치에 다다랐기 때문이다. 즉, 포화상태에 이른 것이다.

오늘 하루 동안은 오러가 집어삼킨 탁기들을 스스로 정화하도록 내버려 둬야 한다.

난 침대에서 일어나 몸을 움직여 보았다.

신체가 전보다 훨씬 가벼워져 있었다.

사실 이런 식의 수련은 디프로티아 대륙의 무술가들이 행하는 정통적 수련 방법과 완전히 상반된 것이었다.

보통은 육신을 단련시킨 뒤 그에 따라 형성되어진 오러를 오러 홀에 모은 다음 이를 고유의 호흡법으로 전신 혈맥을 따라 휘돌리며 불린다.

하지만 난 마나를 변환시켜 오러부터 형성시킨 다음 그 오러로 육신을 강하게 만들고 있으니, 무술가들 입장에서 보자면 어마어마한 편법이었다.

편법이든 정법이든 더 쉬운 길이 있으면 그 길로 가면 되는 법이다.

꼭 정통을 추구할 필요는 없었다.

"슬슬 학교 갈 시간이네."

탁기를 어느 정도 닦아낸 것만으로도 전신에 전보다 힘이 들어갔다. 오러가 몸속의 세포 하나하나를 자극했으니 당연한 일이었다. 맑은 기운이 들어간 세포는 건강해진다.

그러니 그 세포들이 응집되어 만들어진 내 몸도 당연히 더 건강해질 수밖에 없었다.

방문을 열고 나가니 마침 지우도 자기 방에서 하품을 하며 나오는 중이었다.

아버지는 거실에서 신문을 보고 계셨다.

얼굴엔 피로가 한 가득 쌓여 있었다. 그럴 만도 했다. 아버지께서는 새벽 두 시쯤 집에 들어오셨다. 나는 마나사이편을 죽 하고 있었기에 이를 알고 있었다.

지금이 아침 일곱 시. 아버지는 이미 세면까지 말끔하게 끝내고 옷까지 차려입은 모습이었다. 적어도 여섯 시쯤에 일어나신 것이다.

아버지와 지우는 방에서 나오는 날 동시에 바라보았다.

"어? 오빠, 어쩐 일이야? 내가 안 깨워도 일어나고?"

"그러게 말이다. 너 요새 괜찮은 거냐?"

지우와 아버지가 걱정스레 물었다. 난 힘껏 고개를 끄덕였다.

"네, 괜찮아요. 아픈 데도 없고요."

"그럼 다행이다만……."

말꼬리를 흐린 아버지가 다시 신문으로 눈을 돌렸다.

"헤헤, 어쩨 며칠 사이에 오빠가 엄청 듬직해진 것 같아. 아빠 옆에 가서 앉아 있어. 아침상 내올게."

"그래."

지우는 어머니가 계시지 않을 때면 늘 손수 아침을 준비

했다.

사실 그렇다고 해봤자 어머니가 미리 해놓고 간 찬을 냉장고에서 꺼내 밥만 푸는 것 정도다.

지우가 직접 만드는 건 늘 똑같은 맛의 계란국이 전부였다. 하지만 그게 어디인가.

보통의 여동생들은 지우 같지 않다는 걸 잘 안다.

디프로티아 대륙에 살 때도 지인 중 여동생과 커온 사람들은 여동생이 지긋지긋하게 말을 안 듣는다며 한숨 쉬는 경우가 여럿이었다.

아버지와 난 지우의 정성이 담긴 상을 받아 아침을 먹고서 집 밖으로 나섰다.

아버지는 회사로, 지우와 나는 학교로.

이로써 지구에 다시 오고 나서 두 번째로 등교하는 것이다.

오늘 하루도 학교에서 마나사이편이나 열심히 할 생각이다.

당장 내 목표는 마법적 성취를 빨리 이루는 것만이 전부였으니까. 그게 되어야 주변의 모든 것이 달라진다.

학교에 도착해 지우와 작별한 뒤 우리 반 교실 앞문으로 들어섰다.

그런데 교실이 조금 시끌벅적했다.

"미, 미안해. 진짜 미안해."

오성이의 목소리가 들려왔다. 반사적으로 고개를 돌리니 교실 뒤편에서 낯선 남학생 두 명이 오성이를 둘러싸고 있었다.

얼굴이 생소한 것이 아무래도 다른 반 학생들인 것 같았다.

"씨팔, 그럼 미안할 짓을 왜 해!"

둘 중 한 놈이 오성이의 뒤로 붙더니 겨드랑이 사이로 팔을 넣어 목 뒤에서 깍지를 꼈다. 오성이는 깜짝 놀라 몸부림쳤지만, 녀석은 오성이를 놓아주지 않았다.

"너 때문에 아침 굶게 생겼잖아, 새꺄."

"사, 사줄게! 매점에서 햄버거 다시 사줄게!"

"쌍! 내가 거지냐?"

"진짜 미안하다니까!"

"시끄러, 이 새끼야. 왜 등신같이 땅 보고 걷다가 나한테 와서 부딪쳐? 요새 일진 드럽다 드럽다 했더니 웬 병신 같은 새끼들까지 짜증나게 만드네, 진짜!"

퍽!

입 밖으로 곱지 못한 말만 내뱉던 녀석이 주먹으로 오성이의 배를 가격했다.

"크엑! 커헉! 컥!"

그 모습을 본 순간 난 당장 책상 위로 뛰어올랐다.

the Archmage Returns

제3장
사건의 연속

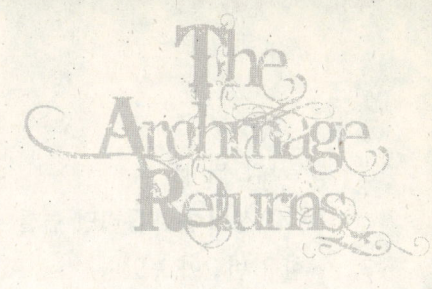

이것저것 생각할 필요도 없었다.

내게 잘해주었던 친구가 일방적으로 맞았다.

눈에서 불똥이 튀었다.

그대로 뛰어올라 책상을 밟고 달려나갔다. 그리고 마지막 책상을 박차고 붕 날아 주먹을 말아 쥐었다.

그때, 오성이를 잡고 있던 놈이 날 발견하고서 옆으로 도망 쳤다. 하지만 난 행동을 멈추지 않았다. 주먹에 오러를 실어 사물함 하나를 세게 내려쳤다.

콰앙!

내 주먹에 맞은 사물함이 엉망으로 찌그러지며 박살 났다.

"뭐, 뭐야!"

오성이를 괴롭히던 놈들이 당황하며 나와 찌그러진 사물함을 번갈아 보았다.

"저, 저 새끼, 주먹으로 사물함을……!"

난 오성이를 막아서고서 두 놈과 대치했다.

두 녀석이 살짝 겁먹은 얼굴로 날 노려보았다. 난 그 시선을 피하지 않고 똑바로 마주했다. 그리고 살기를 피워 올렸다.

순간, 내 살기에 노출된 두 녀석의 몸이 그대로 굳었다.

난 목석처럼 손가락 하나 까딱 못하고 있는 두 녀석에게 다가갔다. 그러자 녀석들의 시선이 파르르 떨려왔다. 숨조차 제대로 쉬지 못하고 있었다.

녀석들 앞에 마주하고 선 나는 한참 동안 말없이 그들을 노려보기만 했다.

그렇게 십 분 정도가 흐른 다음에야 입을 열었다.

"이름이 뭐냐?"

두 놈은 내 물음에 반사적으로 대답했다.

"기, 김민기."

"이… 정규."

그리고 다시 십 분 동안 말없이 민기와 정규를 노려보았다. 녀석들은 이미 내 살기를 더 버티지 못하고서 쓰러지기 일보 직전이었다.

더 하다간 오줌까지 지릴 판국이었다.

난 그 녀석들에게 딱 한마디만을 더했다.

"내가 오성이 친구다."

꿀꺽!

두 놈은 누가 먼저랄 것도 없이 마른침을 삼켰다. 이 정도면 충분히 경고가 되었겠지.

"가라."

비로소 살기를 거두어들이니 민기와 정규는 부리나케 교실 밖으로 달려나가 버렸다.

"오성아, 괜찮냐?"

오성이는 흘러내린 눈물을 닦고서 고개를 끄덕였다.

"응, 괘, 괜찮아. 그런데 정우 너… 어떻게 된 거야? 나 진짜 놀랐어."

오성이가 놀라는 것도 무리는 아니다.

그가 기억하는 난 유약하고 힘없는 사람이었으니까. 오성이뿐만이 아니다. 우리 반 모든 학생은 날 그렇게 기억하고 있다.

그런데 책상을 박차고 날아올라 사물함을 박살 내고 행패 부리던 꼴통들을 단숨에 제압했으니, 다들 내 변한 모습이 적응되지 않을 것이다.

교실 안은 적막만이 감돌았다.

학생들의 시선은 일제히 내게 향해 있었다.

난 그 시선들을 무시하고서 오성이와 내 자리로 돌아와 책상에 앉았다.

"놀라지 마, 인마. 사람은 갑자기 변하기도 하는 법이니까."

오성이를 대하는 내 말투는 첫째 날보다 훨씬 다정하게 변해 있었다. 그에 오성이도 바보처럼 헤헤 웃었다.

오성이를 달래준 나는 마음 편히 마나사이펀을 시작했다.

*　　*　　*

이번엔 마나사이펀을 하는 와중 쉬는 시간이 찾아올 때마다 오성이에게 화장실에 가겠느냐고 물어보았다.

오성이는 일 교시, 이 교시 쉬는 시간엔 가지 않겠다고 고개를 저었다가 삼 교시 쉬는 시간이 되어서야 화장실로 향했다.

그렇게 사 교시까지 끝나고 나서 점심시간이 찾아왔다.

오성이를 비롯한 태광이 패거리, 그리고 다른 모든 아이들이 교실 밖으로 나갔다.

교실 안에는 또 나와 예슬이만 남게 되었다.

예슬이는 책상 서랍에서 우유를 꺼내 한 모금 마시더니 내게 다가왔다.

"정우야."

난 예슬이를 바라보았다. 애가 또 무슨 말로 내 시간을 빼앗으려 하는 건가 싶었다.

"너 대체 정체가 뭐야?"

"정체가 뭐냐니? 너랑 똑같은 사람이지."

"아니… 저번 금요일부터 너 진짜 이상해. 오늘은 더 이상해. 내가 평소에 알던 네가 아닌 것 같아. 겉모습만 똑같고 알맹이는 완전히 다른 사람 같다고."

"사람이 시종일관 똑같이 살아가라는 법 있어?"

"물론 사람은 다 변하는 법이지. 누구나 그래. 그런데 넌 너무 갑작스럽게 변했잖아. 네가 주먹을 쓰다니."

"사람은 때리지 않았어."

"사물함이 박살 났잖아. 보통 저런 게 가능해? 쇼 프로그램에서 등장하는 차력사나 할 법한 일이잖아."

"무슨 말이 하고 싶은 건데?"

"너… 정말 정우 맞아? 아니면 여태껏 보여온 나약한 모습은 그저 연기였던 거야?"

"연기한 적 없어. 그때는 정말 약했고, 지금은 강해진 것뿐이야."

"하아, 모르겠다."

예슬이가 고개를 내저었다.

"아무튼 조심해."

"뭐를?"

"너한테 당한 민기랑 정규. 태광이 패거리랑 친한 애들이야."

"알았어. 태광이 패거리가 복수한답시고 달려들어도 만신창이는 되지 않도록 조심하지."

내 대답에 예슬이는 어처구니없다는 표정이 되었다.

난 씩 웃었고, 예슬이는 작은 한숨과 함께 자기 자리로 돌아가 앉았다.

비로소 마나사이펀에 집중할 수 있게 된 난 계속 주변의 마나를 끌어 모았다.

예슬이는 그런 날 주기적으로 훔쳐보았다.

                    *   *   *

태광과 옆 반의 민기, 정규는 친한 친구 사이였다.

태광은 쉬는 시간마다 옆 반으로 넘어가 민기와 정규를 만났다.

그런데 오늘은 하루 종일 두 사람의 표정이 어두웠다.

무슨 일이 있었냐고 물어봐도 도무지 입을 열지 않았다.

'씨팔, 쪽팔려서 어떻게 얘기해?'

정우에게 혼이 난 민기와 정규가 자기네 반으로 돌아와서 주변 아이들에게 정우라는 놈, 뭐하는 인간이냐고 물었다.

그러자 정우의 존재를 인식하고 있는 학생들은 하나같이

입을 모아 그냥 쩐따라고 했다.

반에 있는 듯 없는 듯 조용하고, 숙맥에다가 공부를 잘하는
것도 싸움을 잘하는 것도 아니라고 한다. 누군가 가끔 짓궂은
장난을 쳐도 바보같이 당하기만 하는 게 정우란다.

그러니 정우에게 찍소리도 못하고서 쫓겨난 두 사람이 입
을 다무는 건 당연했다.

한데 두 사람이 당한 소문은 점심시간 급식소에서 태광의
귀에 들어왔다.

같은 반 학생들이 저희들끼리 나누는 대화를 태광이 들어
버린 것이다.

눈이 뒤집힌 태광은 패거리와 함께 당장 교실로 돌아왔다.
교실엔 정우와 예슬만이 책상에 앉아 있었다.

                    *   *   *

"야, 하정우."

태광이 패거리가 내 주변으로 몰려왔다. 날 부르는 태광이
의 목소리에 마나사이펀을 그만두고 고개를 돌렸다.

그러자 갑자기 내 앞으로 달려온 태광이가 대뜸 발길질을
했다. 그 순간 난 옆으로 몸을 젖혔다.

태광이의 발은 허공을 갈랐고, 난 벌떡 일어나 약간의 오러
를 주먹에 실어 내질렀다.

퍽!

"컥!"

복부를 얻어맞은 태광이가 그대로 뒤로 넘어갔다.

이에 진우와 재철이 놀라서 날 바라봤다.

만약 내 몸 상태가 사흘 전과 같았다면 바닥에 나뒹군 건 태광이가 아니라 나였을 것이다.

하지만 지금의 내 몸엔 오러가 존재했다. 게다가 그 오러로 탁기까지 정화시켰으니 태광이 패거리 정도야 쉽게 제압할 수 있었다.

한 가지 더.

상대적으로 지구의 사람들은 디프로티아 대륙의 사람보다 싸움을 못한다.

디프로티아 대륙은 몬스터와 인간들이 공존하는 세상이다.

그렇다 보니 강해져야 했고, 그것은 유전적으로 후대에게도 계속 이어져 내려왔다.

기본적으로 여기 사람들과 전투력 자체가 달랐다.

그곳에선 열다섯 살 꼬마도 태광이 정도는 충분히 제압할 수 있을 정도의 실력을 지니고 있었다.

태광이가 벌떡 일어나 다시 덤볐다.

"이 씹새끼가!"

그러나 결과는 마찬가지였다.

퍽!

"크억!"

태광이는 아까와 똑같은 부위를 얻어맞고서 드러누웠다. 이에 진우와 재철이가 동시에 내게 달려들었다.

"죽여달라고 발악을 하는구나."

난 놈들에게 공격할 기회조차 주지 않았다. 진우의 옆구리를 주먹으로 치고 재철이의 목을 수도로 가격했다.

퍼퍽!

"컥!"

"크엑!"

두 놈 다 숨 막히는 소리를 내며 비틀거렸다.

난 그 두 놈의 머리를 잡고서 서로 박치기 시켰다.

뻑!

"으아!"

진우와 재철이가 태광이와 똑같은 모양으로 쓰러졌다.

교실에서 소란이 일자 복도를 지나가던 학생들이 우르르 몰려들어 이 광경을 구경했다.

예슬이도 제법 놀란 얼굴로 쓰러진 태광이 패거리를 바라봤다. 그런데 예슬이의 손엔 핸드폰이 들려 있었다. 그녀는 핸드폰 뒷면에 달린 카메라로 나와 태광이 패거리를 촬영하는 듯했다.

난 신경 끄고 옆에 있던 의자를 들어 바닥에다 힘껏 내려쳤다.

"으아악!"

태광이가 겁을 집어먹고서 비명을 질렀다.

그러나 의자는 태광이의 옆에 떨어졌다.

쾅!

"허억! 허억!"

놀란 태광이는 거친 숨을 몰아쉬며 나뒹구는 의자를 바라봤다.

녀석은 지금 이 상황이 도무지 납득이 안 되는 얼굴이었다.

난 사이좋게 누워 있는 태광이 패거리에게 살기를 뿌렸다.

"앞으로 나 건드리지 마라. 오늘은 경고에 불과해. 한 번만 더 날 건드린다면."

눈을 부릅뜨고 살기를 더욱 짙게 만들었다.

태광이 패거리의 이마에 식은땀이 송골송골 맺혔다. 놈들의 몸이 사시나무처럼 떨려왔다.

"그땐 죽인다."

태광이 패거리가 이까지 딱딱거리며 부딪치기 시작했다. 내 말이 단지 협박으로는 들리지 않을 것이다. 잔인하게 마음먹는다면 놈들을 죽이지 못할 것도 없다.

난 녀석들을 증거 하나 남기지 않고 죽일 자신이 충분히 있었다. 디프로티아 대륙에서 자의든 타의든 간에 질릴 만큼 해왔던 일이 살인이다.

녀석들은 내가 살기를 거두어들이자마자 교실 밖으로 뛰
쳐나갔다. 그리고 그날은 학교가 파할 때까지 녀석들의 모습
을 볼 수 없었다.

*　　*　　*

　하굣길.
　오성이와 함께 교문을 나서는 중이었다.
　"정우야, 근데 진짜 무슨 일이 있었던 거야? 너 갑자기 왜
그렇게 변한 거야?"
　"왜? 내가 변한 모습이 싫어?"
　"아니. 난 좋지. 아까 네가 나 도와줬던 것도 고마웠고. 근
데 사람이 천천히 변해가는 게 보통이잖아. 너무 확 변하니까
어색해서."
　"그건 네 고정관념이야. 확 변할 수도 있어. 어떠한 사건으
로 인해 커다란 충격을 받게 되면 한순간에 사람의 인성이 변
하기도 해."
　실제로 디프로티아 대륙에서 그런 경우를 많이 본 나다.
　그곳은 사람과 몬스터의 전쟁이 끊이지 않았고, 국가 간의
전쟁도 비일비재하게 일어났다. 심지어 한 국가 내에서도 귀
족들이 영토전쟁을 일으키는가 하면, 조국을 배신하고 다른
나라에 팔아먹는 반란자 또한 심심찮게 등장한다.

즉, 그들은 늘 죽음을 곁에 두고 살아간다.

가족이 몬스터에게 산 채로 뜯겨 먹히는 광경을 보는 건 예삿일이다. 전쟁이 나면 악덕 군주 같은 경우 차지한 땅덩어리의 도시나 마을을 마음대로 약탈한다.

그럼 자식이 보는 앞에서 부모가 목이 잘리기도 하고, 병사들에게 강간을 당하기도 한다.

그런 일을 당하고서 하루아침에 변하는 사람들을 난 숱하게 봤다.

나 역시 그들 못지않은 엄청난 사건을 겪었다. 그것도 수십 년씩이나.

과거의 기억을 가진 채 디프로티아 대륙에 환생했고, 텔레포테이션 마법을 시전해 천계의 문 앞까지 다다랐으며, 지금은 전생의 한때로 회귀해 버렸다.

이 상황에서 성격이 변하지 않았다면 그게 이상한 일이다.

학교에서 우리 집까진 버스를 타지 않고 충분히 걸어갈 수 있는 거리다.

오성이도 같은 동네에 산다.

집까지 가는 동안 오성이는 이런저런 시답잖은 주제들로 재잘거렸고, 난 그 얘기를 들어주며 묵묵히 고개만 끄덕였다.

그러다가 먹자골목을 지나가는데, 꼬치 가게 앞에 사람들이 우글거리며 서 있었다.

내 기억에 그 꼬치 집은 몇 년째 같은 자리에 있었지만 그다지 인기를 끌진 못했다. 저렇게 사람이 모여 있는 건 드문 광경이었다.

난 관심을 끄고 지나가려는데, 오성이가 날 꼬치 가게로 잡아끌었다.

"아! 정우야, 꼬치 하나씩 먹고 가자. 내가 사줄게."

"난 생각 없는데."

"그러지 말고. 내가 고마워서 그래."

친구가 성의를 보이겠다는데 마냥 무시할 수가 없어서 못 이기는 척 따라갔다.

그런데 가게 근처에 다다르자 성이 난 듯한 주인장의 목소리가 들려왔다.

"이 거지새끼가 어디서 무전취식을 하려 들어!"

인파를 헤치고서 들어서니 이제 갓 열 살이 넘었을 것 같은 남자아이가 한쪽 뺨이 벌게진 채 바닥에 엎드려 울고 있었다.

아이의 앞엔 우락부락한 인상에 덩치 좋은 꼬치 가게 사장이 씩씩대는 중이었다.

"이 새끼가 어디서 엄살을 떨어? 안 일어나?"

"흐아아앙~! 살려주세요! 살려주세요!"

남자아이가 고개도 못 들고서 살려달라고 소리치는데, 아무도 나서서 도와주는 사람이 없었다.

가게 사장이 남자아이의 멱살을 우악스럽게 틀어쥐고 들어 올렸다. 그에 울고 있던 아이가 숨 막히는 신음을 토했다.

"캑! 크엑!"

"네가 처먹은 게 얼마나 되는지 알아? 가뜩이나 장사 안 돼서 짜증나 미치겠는데, 뭐? 돈이 없어? 너 경찰서 가기 싫다 그랬지? 오냐, 경찰서 안 보내마. 대신 처먹은 만큼 맞자!"

버럭 소리친 가게 사장이 캑캑대는 아이의 뺨을 망설임없이 후려쳤다.

짝!

"컥! 으아, 으아아아악! 아아아아악! 흐아아아아악!"

아이는 겁에 질려 전신을 버둥거리면서 고함을 쳤다.

저대로 상황이 더 악화되면 정신적으로 커다란 충격을 받을 게 분명했다.

사람이 한순간에 변하기도 하는 경우가 바로 저런 경우다.

가게 사장의 입장에서는 몇 대 때리는 것이지만, 아이의 입장에선 죽음의 공포를 느낄 만큼 무서울 것이다.

그러나 여전히 나서서 사장을 말리는 사람은 없었다.

하나같이 사장의 외모와 외형, 기운에 눌려 불안한 얼굴로 구경만 할 뿐이다.

"이 미친놈이 계속 엄살을 떨어?!"

사장의 손이 다시 치켜 올라갔다.

"아악! 아아악! 아아악!"

아이가 맞지 않으려고 필사적으로 악을 썼다. 몸부림은 전보다 더 심해졌다. 얼굴이 하얗게 질리고 있었다.

주변의 구경꾼들이 경찰을 불렀는지 안 불렀는지는 모르겠다. 하지만 아직 경찰은 현장에 나타나지 않고 있었다.

사장은 필요 이상으로 미쳐 날뛰었고, 아이는 무너지고 있었으며, 다른 사람들은 구경만 할 뿐이었다. 모든 것이 살짝 미쳐 있는 그런 기분이었다.

더 이상은 두고 볼 수가 없었다.

디프로티아 대륙에서 고아로 커가며 타인에게 받았던 설움이 떠올랐다. 꼬치 몇 개 공짜로 집어 먹었다고 맞고 있는 아이의 모습에 내 과거가 겹쳐 보였다.

난 앞으로 달려나갔다.

휙!

사장의 손이 아이의 뺨을 치려 했다.

턱.

난 간발의 차로 또 한 차례의 사달이 일어나는 걸 막았다. 내 손엔 사장의 손목이 잡혀 있었다.

사장이 얼굴을 험악하게 구기고서 날 노려봤다.

"뭐야, 이 새끼야!"

"그만해라."

"무, 뭐? 그만해라? 이게 돌았나!"

사장이 아이의 멱을 놓고 내게로 몸을 돌렸다.

난 사장의 손목을 그대로 밀어버리고서 떨어지는 아이를 두 팔로 안았다.

"어, 어?"

뒤로 몇 걸음 비틀거리다가 중심을 잡은 사장이 목을 좌우로 꺾었다.

"하, 나 진짜!"

사장은 다시 내게 다가왔다.

아이는 내 품에 안겨서 바들바들 떨었다.

"오성아."

"어, 어? 저, 정우야."

"얘 좀 부탁한다."

"아, 알았어."

아이를 오성이에게 맡겨놓고 사장을 바라봤다.

"너 지금 나 밀었냐? 아주 죽여달라고 땅을 파는구나. 어른한테 반말한 것도 모자라서 밀어?"

"나이만 처먹었다고 해서 다 어른이 되는 게 아니다. 대접받고 싶으면 그에 합당한 행동을 해라, 쓰레기보다 못한 자식아."

"이, 이 미친놈이 끝까지!"

사장이 아이에게 했던 것처럼 내 뺨을 치려 했다.

난 가볍게 목을 숙여 그것을 피하고서 사장의 어깨를 툭 밀었다. 그런데 내 손엔 오러가 미약하게 어려 있었다. 남들이 보기엔 그저 툭 건드린 것처럼 보이겠지만, 사장은 뼛속까지 욱신거리는 고통을 느낄 것이다.

"억!"

단말마의 비명과 함께 비틀거리던 사장이 중심을 잃고서 넘어지려 했다.

난 그런 사장을 넘어지지 않게 받쳐 주는 척하며 반대쪽 어깨를 툭 쳤다. 물론 이번에도 오러가 어려 있었다.

"악!"

사장은 넘어지진 않았지만 또다시 비명을 지르며 괴로워했다. 그에 주변에 있던 사람들이 웅성거렸다.

"뭐야? 저 학생이 때리지도 않았는데 왜 저래? 제 풀에 넘어지려는 걸 되레 받쳐 줬구먼."

"힘없는 애를 엄살 피운다고 그렇게 때리더니 자기가 더하네."

"잘한다, 학생!"

사장이 이를 악물고서 눈을 부라렸다.

하지만 그는 더 이상 내게 덤벼들지 못했다. 두 팔이 모두 움직이지 않을 테니 당연한 현상이다.

"이 씨팔 새끼가!"

남은 건 악밖에 없는지 고함을 치는 사장이다. 그러나 내 성질 건드려서 좋을 게 없다.

내 시선이 꼬치 가게를 훑었다.

꼬치 가게는 세 평 남짓 되는 포장마차 형태였다.

난 머릿속으로 1서클 화염 마법 파이어의 공식을 조합한 뒤 시전어를 작게 읊조렸다.

"파이어."

그러자 한쪽 천막 끄트머리에서 작은 불길이 타올랐다.

그 불길은 천막 전체로 빠르게 번졌다. 이에 사장은 물론이고 구경꾼들 모두가 놀라 소리쳤다.

"아악! 내, 내 가게!"

"저, 저러다 가스통 터지겠네!"

"꺄아악!"

구경꾼들은 뿔뿔이 흩어졌고, 사장은 이러지도 저러지도 못하고서 안절부절못했다. 그때쯤 난 다른 마법 한 가지를 더 시전했다.

"파이어컨트롤."

파이어 컨트롤은 불을 내 의지대로 다룰 수 있는 1서클 마법이다. 마법사의 서클이 높아질수록 불을 다룰 수 있는 범위도 넓어진다.

지금 천막을 태우고 있는 정도의 불길은 내가 충분히 제어할 수 있었다.

즉, 가스통에 불이 옮겨 붙어 폭발하는 경우는 벌어지지 않을 거란 얘기다.

사장은 그것도 모르고서 다리에 힘이 풀려 비틀거렸다.

그쯤 하고 난 불을 진화했다.

활활 타오르던 불길이 거짓말처럼 단숨에 사라졌다.

꼬치 가게는 뼈대만 앙상하게 남아 초라하기 그지없게 변했다. 사장은 더 이상 서 있지 못하고서 그 자리에 털썩 주저앉았다.

난 그런 사장에게 한마디를 건넸다.

"그러게 마음을 곱게 써야지."

내 말에 사장이 펄쩍 뛰었다.

"이, 이 빌어먹을 새끼가!"

또다시 험한 말을 내뱉는 사장의 눈을 쏘아보며 살기를 내뿜었다.

"말 함부로 하지 마라. 한마디만 더 지껄이면 그 혀부터 뽑아버릴 테니."

단순한 협박이 아니었다.

마음만 먹으면 쥐도 새도 모르게 혀를 뽑아버릴 수 있다. 내가 했다는 증거나 흔적 같은 건 남기지도 않고 말이다.

마법은 그런 것을 가능케 만든다.

그런데 사장은 하얀 이를 드러내며 으르렁거릴 뿐 내 살기엔 제압당하지 않았다.

'뭐지?'

담이 어지간히 크지 않고서는 내 살기를 받아낼 순 없었다. 그런데 사장은 내 살기는 아랑곳 않는 눈치다. 그저 힘으로 날 당해낼 수 없기에 섣불리 덤비지 못하는 듯한 모양새였다.

사장은 독기 어린 시선을 내게서 돌렸다. 그리고 타버린 가게를 보며 한숨지었다.

그런 사장을 가만히 바라보던 난 더 미련 두지 않고 등을 돌려 오성이에게 다가갔다.

남자아이는 아직도 겁에 질려 오성이의 품에 안겨서 떨어질 줄을 몰랐다.

난 그런 남자아이를 등에 업고 거리를 벗어났다.

*　　　*　　　*

우리는 근처 놀이터로 자리를 옮겼다.

"형은 하정우, 얘는 정오성이야. 넌 이름이 어떻게 되니?"

"민수… 유민수요."

"나이는?"

"열 살이요."

"그래, 민수야. 왜 돈도 없이 꼬치를 먹었어?"

"돈이 있었어요. 분명히 있었는데 없어졌어요."

"정말이야?"

"네."

그렇다고 대답하는 민수의 눈을 가만히 바라보았다. 한 점 티 없이 맑고 순수한 눈이다.

거짓말을 하고 있는 건 아니었다.

"근데 이 늦은 시간에 왜 혼자서 꼬치를 먹고 있었어?"

"원래 혼자 잘 돌아다녀요. 누나랑 둘이 사는데요, 누나가
너무 바쁘거든요."

"부모님은?"

민수는 말없이 고개를 저었다. 그 모습이 대단히 쓸쓸해 보
였다.

아무래도 혼자서 먹자골목을 돌아다니다가 주머니에 넣어
둔 돈을 잃어버린 모양이다. 그런데 그걸 모르고서 꼬치를 사
먹다가 성질 더러운 사장에게 봉변을 당한 것이다.

상식적으로 생각하면 다 큰 어른이, 그것도 장사를 하는 사
람이 아이가 무전취식했다고 그렇게 때리는 건 과한 일이다.

하지만 사람이라는 동물이 원체 주변 분위기에 잘 휩쓸리
게 마련이다. 안 좋은 일만 계속해서 벌어지면 부처 같은 사
람이라도 한순간 망나니로 돌변한다.

그 사장에게도 그런 일이 계속 벌어지다가 민수의 사건으
로 분노가 터졌을지도 모른다. 하지만 그것은 그자의 사정이
다.

내가 본 광경은 연약한 아이가 어른의 폭력에 노출되었던
것뿐이다. 그로 인해 민수의 양쪽 뺨을 발갛게 부어올라 있었
다.

난 그 뺨을 쓰다듬으며 물었다.

"누나는 늘 늦게 돌아오나 보지?"

"네."

"집에 다른 어른은 아무도 없니?"

"가정부 아줌마가 있지만 나랑 잘 안 놀아줘요."

"그래도 앞으로는 어지간하면 늦게 돌아다니지 마. 저녁 먹으면 나오지 말고 그냥 집에 있어. 너만 한 아이가 홀로 밤 거리를 돌아다니기엔 이 세상이 너무 험하다."

"알았어요."

민수도 오늘 느꼈던 게 있는지 순순히 고개를 끄덕였다.

"집은 어디야?"

"가까워요. 여기서 오 분밖에 안 걸려요."

"그럼 같이 가자. 데려다줄게."

"정말요?"

"응."

"고마워요, 형!"

민수가 씩씩하게 대답하며 손을 내밀려다가 말았다. 난 그런 민수의 손을 먼저 잡아주었다. 그에 민수의 표정이 확 밝아졌다.

우리는 민수와 함께 걸음을 옮겼다.

*   *   *

"형아들, 이제 거의 다 왔어요!"

생각했던 것보다 민수는 빨리 마음의 상처를 치료했다.

이제 열 살밖에 안 된 아이가 혼자서 이곳저곳을 돌아다닌
다고 했을 때부터 조금 조숙하다는 생각은 들었다.

　"여기가 우리 집이에요!"

　민수는 어느 거대한 저택 앞에 멈춰 서서 말했다.

　"우, 우와아!"

　오성이가 철문 너머 보이는 넓은 정원에 입을 쩍 벌렸다.
민수는 그런 오성이의 반응에 은근히 만족하는 얼굴이었다.
민수가 이번엔 날 바라봤다. 나 역시 오성이처럼 감탄사를 내
뱉을 줄 알았던 모양이다.

　하지만 사실 아무런 감흥도 없었다.

　디프로티아 대륙엔 이보다 더 웅장하고 화려한 저택이 많
았다.

　어지간한 귀족들의 저택은 딱 지금 눈앞에 보이는 민수의
집 정도가 기본이었다.

　저택이라기보단 성에 가까운 건물을 짓고서 살아가는 귀
족도 수두룩했다.

　어찌 되었든 그거야 내 감상일 뿐이고, 한국에서 이런 저택
에 살 정도면 생활 수준이 제법 높다는 말이겠지.

　난 여전히 내게 무언가를 기대하는 눈빛으로 쳐다보던 민
수의 등을 툭 두들겼다.

　"그럼 들어가."

　"아… 네."

"자, 잘 들어가 민수야! 또 보자!"

오성이는 여전히 반쯤 넋 나간 얼굴로 얼떨떨하게 작별 인사를 건넸다.

오성이가 손을 흔들어 보이고서 쓸쓸한 표정을 짓더니 저택 안으로 들어갔다.

"가자."

"응."

나와 오성이는 민수의 저택을 벗어나 집으로 걸음을 돌렸다.

그런데 길을 가던 중 오성이가 무엇을 봤는지 호들갑을 떨었다.

"어? 밴이다!"

밴.

연예인들이 주로 타고 다니는 자동차다.

"요즘에 심심찮게 밴이 보이던데, 여기에 연예인이라도 이사 왔나? 혹시 아이돌?"

오성이는 궁금해 죽겠다는 듯 빠르게 멀어지는 밴의 엉덩이를 끝까지 쳐다봤다.

하지만 이미 엘프 여성들과도 뜨거운 사랑을 나누었던 내겐 누가 이사를 왔든 관심 밖의 일이다.

"유리아가 요새 인기 절정인데, 걔가 이사 왔으면 좋겠다. 헤헤."

유리아.

한창 주가를 올리고 있는 최고의 솔로 여가수 아이돌이다.

얼굴도 예쁘고, 몸매도 좋고, 열아홉 살에 가창력까지 최고
라고 평가받는다.

하지만 그럼에도 엘프한테는 안 된다.

아무리 재고 또 재봐도 아이돌보다는 엘프지.

*　　　*　　　*

정우에게 얻어맞고 집으로 돌아온 태광은 끓어오르는 분
노를 주체하지 못했다.

아이들이 다 보는 앞에서 찐따에게 당하다니, 수모도 그런
수모가 없었다.

"씨팔!"

태광은 자기 방에 들어가자마자 의자를 들고서 컴퓨터 모
니터를 후려쳤다.

퍽!

비싼 고가의 모니터가 그대로 터지며 바닥을 나뒹굴었다.
하지만 그럴수록 점점 더 태광의 분노는 무섭게 폭발했다.

"으아아아아악!"

태광의 손에 들린 의자가 주변의 가전제품이며 가구들을
박살 내기 시작했다.

쾅! 쾅! 콰직!

태광의 발작은 들고 있던 의자가 박살이 난 이후에야 멎었다.

안방에서 낮잠을 자던 태광의 엄마 지수는 그제야 정신을 차리고서 아들에게 달려갔다.

"태광아! 어머나, 세상에! 내 아들, 이게 무슨 일이야? 왜 이러니? 응?"

"엄마!"

"그래, 그래. 엄마한테 다 말해봐. 누가 우리 귀한 아들을 화나게 만든 거야?"

"나… 나 그 자식 때문에 쪽팔려서 학교 못 다니겠어. 흐어어어어엉!"

갑자기 어린애처럼 울어버리는 태광.

지수는 그런 태광을 품에 꼭 끌어안고서 등을 두들겨 주었다.

"그 자식이 누군데? 엄마가 다 알아서 할게. 누군지 이름만 대. 다시는 학교에 발도 못 들이게 할 테니까."

"흐어어어어엉!"

"그래, 괜찮아. 괜찮아. 엄마가 해결할 테니까 그만 울어, 아들."

지수의 품에 안겨 펑펑 우는 태광의 입꼬리가 스르륵 말려 올라갔다.

＊　　　＊　　　＊

"민수야~!"

"누나~!"

밤 아홉 시.

민수는 사흘 만에 집에 돌아온 누나 유리아를 반갑게 맞아
주었다.

"우리 민수 잘 있었어?"

"응!"

"아줌마는?"

"내일 반찬거리 준비한다고 마트 갔어."

"이 시간에?"

"응."

"장은 일찍 보시고 밤엔 우리 민수랑 같이 있어달라고 누
나가 부탁했었는데."

유리아는 민수가 너무나 안쓰러웠다.

"미안. 누나가 어떻게든 하루에 한 번은 집에 들르려 그랬
는데 너무 바빠서 그럴 수가 없었어."

"괜찮아. 텔레비전에서 많이 보니까."

"아유, 그랬어? 응?"

민수의 얼굴을 사랑스레 바라보던 유리아의 고운 미간이

살짝 찌푸려졌다.

"민수야, 너… 얼굴이 왜 그래? 누구한테 맞았어?"

"응? 이, 이거? 아무것도 아니야."

"아무것도 아니긴, 손자국이 선명하게 났는데! 누구야? 누가 이런 거야?"

누나의 성화에 결국 민수는 오늘 밖에서 있었던 일을 모두 말해주었다.

"정말이야, 그게? 그러게 누나가 혼자 밖에서 놀지 말랬잖아."

걱정스런 리아의 말에 민수는 고개를 푹 떨궜다.

"하지만 그 시간엔 친구들도 다 집에 가버려서 같이 놀 사람이 없는걸."

"그러니까 민수야, 누나가 가정부 아주머니랑 집에서 놀라고 했잖아."

"싫어. 가정부 아줌마, 나랑 노는 거 안 좋아한단 말이야."

그 대목에서 유리아는 다른 거주가정부를 들여야겠다고 다짐했다.

"알았어. 그 문제는 누나가 알아서 할게. 그나저나 너 도와줬다는 형아들, 어디 사는지는 알아?"

"아니, 몰라. 그냥 나 데려다 주고 돌아갔어."

"이름도 모르고?"

"음, 한 명은 하정우 형아라고 했고, 다른 한 명은 정오성형아라고 했어."

"하정우, 정오성."

리아는 그 이름을 잊어먹지 않기 위해 한 번 더 곱씹었다.

리아에게 민수는 이 세상 단 하나밖에 없는 소중한 혈연이
었다. 그런 귀한 동생을 도와주었으니 감사한 마음이 들 수밖
에 없었다. 어떻게든 그들을 찾아 보답하고 싶었다.

"아무튼 더 큰일 없어서 다행이다. 민수야, 앞으로는 절대
혼자서 돌아다니지 마. 알았지?"

"응. 형아들이랑도 그러기로 약속했어."

"그래, 착하네, 내 동생."

리아는 민수를 품에 꼭 끌어안아 주었다.

'하정우, 정오성.'

그러면서도 머릿속으로는 계속 그 두 사람의 이름을 되뇌
었다.

the Archmage Returns

제4장
다가오는 기열

여름방학이 사흘 앞으로 다가왔다.

태광이는 내게 혼이 난 다음 날 학교에 나오지 않았다. 그리고 오늘도 점심시간이 다 끝나가는 지금까지 코빼기도 내비치지 않고 있다.

오성이는 그것을 무척이나 신경 쓰는 모양이었으나, 내 입장에선 오든 말든 상관없는 일이었다.

그놈들이 손톱발톱 다 세우고 덤벼봤자, 내겐 그저 벌레가 앵앵대며 귀찮게 하는 수준밖에 되지 않았다.

태광이 패거리가 없는 교실은 조용해서 좋았다.

쉬는 시간마다 뒤에서 시끄럽게 떠드는 놈이 없어지니 더욱 집중해서 마나사이펀을 할 수 있었다.

1서클에 도달한 이후, 마나를 흡수하는 속도가 더욱 증가했다.

이 속도라면 일주일 이내에 2서클의 벽도 허물 수 있을 것 같았다.

'마나사이펀으로 흡수한 마나를 오러로 바꿔 몸을 세척한 덕분인가?'

난 지금 디프로티아 대륙의 마법사와 전사들이 한 번도 시도한 적 없는 방법으로 마나와 오러를 성장시키는 중이다.

최초 1서클의 마나를 모았을 때, 마나 트랜스 마법을 시전해 오러로 변환시켰다.

이후 변환시킨 오러로 몸의 탁기를 세척해 나갔다.

그 작업은 지금도 하루를 빼먹지 않고 꾸준히 해 나가는 중이다.

하루가 다르게 내 몸은 건강해져 갔다. 타고난 약골이었던 체질 자체가 변해가고 있는 것이다.

그렇게 좋다는 보약들을 트럭으로 지어 먹어도 바꾸기 힘든 것이 체질이다.

어쩌다 운 좋게 보약이 들어맞아 체질 개선의 효과를 보는 경우는 있지만, 그건 극소수의 사람들일 뿐이다. 그리고 그 극소수의 사람들마저도 체질이 완벽히 변하는 건 아니다.

한데, 나는 완벽하게 변해가고 있었다.

탁기가 흐려짐에 따라 대자연의 기운인 마나가 더욱 쉽게 흡수되었다.

마나는 맑고 청정하다.

끼리끼리 논다고, 내 몸이 탁할 땐 마나가 반발력을 일으키며 쉽게 흡수되지 않는다. 그나마 내 영혼 자체가 마나 친화력이 높았으니 이를 무시하고서 빠른 속도로 흡수되었던 것이다.

그런데 이제는 그 몸까지 맑아져 간다.

마나가 전보다 쉽고 빠르게 흡수되는 건 당연한 일이었다.

'어차피 1서클 급의 마나야 아무리 사용해도 절로 다시 차니 계속 오러로 변화시킬 수 있으면 좋으련만.'

그렇게 할 수 있었다면 단기간에 오러 마스터의 자리까지 오를 수 있을 것이다. 하지만 그게 불가능했다.

지금 내 오러 홀은 최초 1서클의 마나를 오러로 변환시킨 그 양만큼을 감당할 수 있었다.

오러 홀이 지금의 오러에 익숙해지고 단단해지면 그 이후에 다시 마나를 오러로 변화시켜야 한다. 억지로 오러를 만들어서 오러 홀에 집어넣었다간 오러 홀 자체가 파괴되어 평생 오러를 다루지 못하게 될지도 모른다.

"후."

점심시간이 끝나갈 무렵, 아이들이 교실 안으로 하나둘 모여들었다.

주변이 시끌벅적해졌고, 난 잠시 마나사이펀을 멈췄다. 그러자 기다렸다는 듯이 예슬이가 다가와 내 옆자리에 앉았다.

마침 교실로 들어와 자기 자리에 앉으려던 오성이는 예슬이의 뒤에서 엉거주춤한 자세로 서 있게 되었다.

"정우야."

"왜?"

"너, 걱정 안 돼?"

"뭐가?"

"태광이 패거리 말이야. 걔들이 학교에서 왜 그렇게 꼴통 짓을 하고 다니겠어? 다른 애들이 걔들처럼 놀았으면 오래전에 학교 잘렸을걸."

"그런데?"

"믿을 만한 백이 있다는 거 아니야. 친인척 중 누군가가 학교 관계자이든가, 아니면 돈이 많아서 그동안 숱하게 선생들한테 찔러줬다든가."

"그래서?"

"아휴, 답답해. 걔들이 그 잘난 백 이용해서 너 퇴학이라도 시키면 어떡하냐고. 그런 거 걱정 안 되냐고."

"그다지."

내 대답에 예슬이는 어처구니없다는 얼굴이 되었다.

애초부터 예슬이가 무슨 말을 하려는 건지 충분히 알고 있었다. 한데 너무 오지랖을 부리는 것 같아 일부러 모른 체한 것이다. 나랑 대화하는 게 답답하다고 느껴야 앞으로는 그 오지랖을 좀 거둬들일 테니까.

다른 학생들과는 그저 농담 따먹기나 하면서 노는 애가 유독 내 사적인 일엔 깊은 관심을 보인다.

내게 그런 관심은 귀찮을 뿐이다.

"너 진심으로 하는 소리야? 그다지? 정말 그렇게 생각해?"

"그래."

"퇴학당할 수도 있다니까."

"그게 어떻다는 거지?"

사실 전생의 나도, 지금의 나도 학교에 큰 의미를 두고 있지는 않았다.

전생의 난 학교생활 자체가 아름답지 못했고, 지금의 난 굳이 학교를 졸업하지 않아도 내 인생 하나 건사하기엔 무리가 없다고 생각한다.

그러니 학교는 내게 아무것도 아니었다.

"하아, 정말 갈수록 널 모르겠다. 알아서 해. 이제 나도 신경 안 쓸 테니까."

예슬이는 그제야 오성이의 자리를 내어주었다.

오성이는 자기 자리로 돌아가는 예슬이를 보며 내 옆에 앉았다.

"정우야, 진짜 예슬이 말대로 되면 어떡해?"

"신경 안 쓴다니까."

사람들은 남의 일에 너무 관심이 많다.

* * *

오 교시 쉬는 시간.

"정우야."

우리 반 담임 미연이 날 찾아왔다.

"네."

"교장실로… 가봐야 할 것 같은데."

미연 선생의 말에 반에 있는 학생들의 시선이 내게로 주목
되었다. 다들 올 게 왔구나 하는 표정으로 날 바라보았다.

특히나 예슬이는 있는 대로 미간을 구기고 있었다. 오성이
는 걱정이 가득한 얼굴이었다.

미연 선생은 미안해서 내 눈을 제대로 보지도 못했다.

"알겠습니다."

난 가타부타 따지지 않고 미연 선생을 따라 교장실로 향했
다.

교장실엔 예상했던 그림이 펼쳐져 있었다.

태광이의 엄마로 짐작되어지는 여인이 비싼 옷과 장신구
를 걸친 채 소파에 앉아 있었다. 그 옆에는 태광이가, 그리고
맞은편 소파엔 교감과 학생주임 미친개가, 상석엔 교장이 자
리를 했다.

"저… 태광이 어머님. 우리 정우가 절대 나쁜 애가 아닙니다. 정우, 많이 반성하고 있고, 여기까지 오면서 꼭 태광이한테 사과한다고 말했으니까 선처를 베푸셨으면 합……."

날 변호하는 미연 선생의 말을 태광이의 엄마가 끊었다.

"지금 무슨 소리 하시는 거예요? 저 깡패 같은 놈 퇴학시키지 않으면 그냥 넘어가지 않을 거라고 얘기했죠!"

"맞습니다, 어머님. 아니, 신성한 학교에서, 응, 같은 학우한테 이유 없이 폭력을 가하고 의자까지 던지다니요! 응? 절대 그냥 넘어갈 수 없습니다!"

미친개가 태광이 엄마의 말을 거들었다. 미친개는 학생부실에서 내 살기에 짓눌려 실신한 이후 은근히 날 기피하는 한편 벼려온 듯했다. 내가 무언가를 한 것 같긴 한데 어떠한 증거가 없으니 뭐라고 할 수도 없는 노릇인 데다가 개인적으로 불러서 그때의 일을 물어보기엔 겁이 나는 모양이었다.

강자 앞에선 약하고 약자 앞에선 강해지는 전형적인 인물이 미친개였다. 그러던 와중, 이번에 제대로 된 기회를 잡았다 싶었는지 열심히 물어뜯으려 들었다.

교감이 날 바라보았다.

"하정우라 그랬나?"

"네."

"할 말이 있으면 해보아라."

"할 말 없습니다."

"···뭐?"

그 자리에 있던 모든 사람의 눈이 크게 떠졌다.

짧은 내 한마디의 말이 주변 공기를 차갑게 식혀놓았다. 하나같이 물벼락이라도 맞은 듯 얼떨떨한 표정을 짓고 있었다.

"방금··· 뭐라 그랬지?"

"할 말 없다고 했습니다. 애초부터 퇴학을 기정사실로 정해놓고서 부른 것 아닙니까?"

"뭐, 뭐야!"

미친개가 벌떡 일어났다. 주변에 자기편이 많으니 기가 사는 모양이다.

교감이 그런 미친개의 옷깃을 잡아끌어 진정시켰다. 이어, 여태껏 한마디 말도 없이 가만히 앉아 있던 교장이 내게 물었다.

"왜 그렇게 생각하나, 정우 학생?"

난 손가락으로 태광이 엄마를 가리켰다.

"저분한테 받아먹은 돈이 많으실 테니까요. 집에서 키우는 개들도 밥을 주는 주인의 말에 복종합니다. 그런데 밥보다 더 좋은 돈을 줬으니 오죽하겠습니까? 개처럼 복종해야지요. 하정우라는 학생이 우리 아들에게 폭력을 행사했다. 어째서 그 학생이 폭력을 휘두른 건지는 중요하지 않고, 내 아들이 맞은 게 중요하니까 무조건 그놈을 퇴학 처리해라. 그렇지 않으면 앞으로 다시는 돈맛 보지 못할 것이다. 그런 얘기를 들었겠지요. 아닙니까?"

순간 소파에 앉아 있던 모든 사람의 얼굴이 파랗게 질렸다.

미친개는 게거품까지 물 기세였다. 말리는 사람이 없었다
면 비룡봉을 들고 당장 달려들었을 것이다.

"커흠! 큼! 정우 학생, 거 말이 너무 심하구만. 지금 대놓고
교사들을 욕보이고 있다는 걸 아는가?"

"진실을 얘기하는 것도 욕보이는 게 됩니까?"

"하정우 너 이 새끼!"

결국 미친개가 험한 말을 내뱉었다.

나는 그런 미친개의 눈을 쏘아보았다. 그러자 미친개가 얼
른 시선을 돌려 교장을 바라보았다.

"교장선생님, 더 볼 것도 없습니다! 저런 놈은, 응, 학교의
쓰레기입니다! 상벌위원회에 보고 올리고 당장 퇴학 처리시
켜야 합니다!"

"저도 그 의견에 동의합니다."

미친개와 교감이 합심해서 교장에게 말했다.

교장은 천천히 고개를 끄덕였다.

"정우 학생, 아무래도 안 되겠군. 반성의 기미가 조금도 보
이질 않으니 태광이 어머님께 선처를 바라긴 어렵겠어. 상벌
위원회의 결과가 어찌 내려질지 모르겠지만 중징계를 받게
될 것 같군."

"마음대로들 하십시오. 사람이 사람답게 사는 법보단 본능

에 충실한 동물처럼 사는 법을 가르치는 학교 따위 저도 미련 없습니다."

"저, 저, 저!"

미친개가 내게 삿대질을 하며 뒤집어졌다.

그때, 교장실 문이 천천히 열렸다. 그리고 생각지도 못했던 사람이 안으로 들어섰다.

"저… 말씀 중에 죄송합니다만, 제가 한마디 해도 될까요?"

그 사람은 예슬이었다.

보통 이런 시점에 학생이 난입하면 욕부터 얻어먹는 게 맞았다. 그런데 태광이와 태광이 엄마를 제외한 모든 사람들이 하나같이 예슬이를 어려운 시선으로 바라보고 있었다.

"예, 예슬아, 네가 여긴 뭐하러 왔어? 어서 교실로 돌아가 있거라."

"아니오. 그렇겐 못하겠어요, 교감 선생님. 죄송하지만 문 밖에서 무슨 얘기가 오가는지 전부 들어버렸거든요."

"예슬 학생이 끼어들 자리가 아니야."

"교장선생님, 제가 다 봤어요."

"뭐?"

"다 봤다고요. 정우가 아무 이유 없이 태광이를 때렸다구요? 제가 본 것과 너무나 다르네요. 오히려 이유 없이 정우를 때리려 했던 건 태광이 패거리였어요. 전부터 걔들 셋이 은근

히 정우 무시하고 괴롭혔던 건 알고 계세요? 모르시죠? 정우는
매번 당하기만 하다가 이번에 처음으로 주먹을 쓴 거라구요.
그런데도 정우가 잘못한 건가요? 저는 아니라고 보는데요."

"저 계집애가 지금 뭐라고 하는 거야! 너 뭐야! 너도 같이
퇴학당하고 싶어? 어디 확인도 되지 않은 거짓말을 나불대!"

태광이의 엄마가 잔뜩 성이 나서 예슬이에게 쏘아댔다. 그
러나 조금 전까진 그녀의 친위대라도 되는 듯 동조하던 선생
들이 꿀 먹은 벙어리라도 된 양 조용했다.

"다들 왜 가만 계시는 거예요? 뭐라고 말 좀 해보세요!"

교장이 머뭇거리며 태광이 엄마에게 말했다.

"저기… 태광이 어머님, 예슬이가 본 게 사실이라면 아무
래도 정우 학생을 처벌하기는 좀 힘들 것 같은데요."

"무슨 소리 하시는 거예요? 그게 사실일 리가 있어요? 당연
히 거짓말이죠! 우리 아들이 왜 이유도 없이 다른 학생을 괴
롭혀요?"

"아주머니, 죄송한데, 아주머니 귀한 자식 태광이요, 같은
학생들 사이에선 나쁜 놈으로 통해요."

"뭐, 뭐야?"

"모르셨어요? 아주머니 아들이요, 진우랑, 재철이랑 어울려
다니면서 얼마나 애들을 괴롭힌다구요. 정우가 쟤들을 때린 건
사실이에요. 그런데 지금까지 정우랑 다른 친구들이 아주머니
아들 패거리한테 당한 걸 생각하면 그건 새 발의 피거든요."

"이게 끝까지 거짓말을!"

그때, 예슬이가 주머니에서 핸드폰을 꺼내 들었다.

그리고 동영상 하나를 플레이시켰다. 그것은 태광이 패거리가 점심시간에 내게 시비를 걸던 그 영상이었다.

내가 태광이 패거리를 구타하는 장면은 담겨 있지 않았다. 영상은 딱 그 전 부분에서 끝나 버렸다.

동영상을 모두 본 태광이 엄마의 입이 비로소 닫혔다.

"다들 보셨죠? 이래도 제가 거짓말하는 것 같아요?"

"어험. 동영상까지 본 마당에 거짓말이라고 하긴 힘들지."

교장이 동조하고 나서자 태광이 모자의 얼굴이 하얗게 질렸다.

"아, 아니, 교장선생님? 지금 무슨 말씀을 하세요?"

"태광이 어머님, 아무래도 정우 학생에게 징계를 내리기는 힘들 것 같습니다. 상황을 직접 본 목격자도 있고, 증거 영상까지 있잖습니까."

"교장선생님, 정말 이렇게 나오실 거예요!"

태광이 엄마가 분노를 금치 못하자 미친개가 얼른 곁으로 다가가 뭐라고 귓속말을 속삭였다. 그런데 그 목소리가 참으로 컸다.

"저기… 태광이 어머님, 예슬이 아버님이 정상고등학교 이사장님 되십니다."

"네에?!"

태광이 모자가 놀람을 감추지 못했다.

두 사람은 한 대 맞은 표정으로 예슬이와 나를 번갈아 보았다. 그러다 태광이 엄마가 아랫입술을 잘근 깨물더니 자리에서 벌떡 일어났다.

"가자, 태광아."

"어, 엄마?"

"어서 가자니까!"

그녀는 태광이의 손을 잡아끌어 도망치듯 교장실에서 나가 버렸다. 그러자 교장실엔 어색한 기류가 흘렀다.

예슬이가 교장부터 교감, 미친개까지 차례대로 바라본 뒤 입을 열었다.

"물의를 일으켜 죄송합니다. 여태껏 학교 돌아가는 일에 관심도 없다는 듯 지내다가 이렇게 나서서 죄송하게 생각해요. 하지만 정도는 지켰으면 좋겠어요. 그럼 이만 가보겠습니다."

"어험!"

"흐흠!"

다들 헛기침을 하며 예슬이의 시선을 피했다.

"가자, 정우야."

난 예슬이와 함께 교장실을 나왔다.

*   *   *

"놀랐지?"

교실로 돌아오면서 예슬이가 물었다.

"아니."

"안 놀랐다고?"

"그래. 하지만 도와준 건 고맙게 생각해."

"하아, 그러게 내가 왜 나섰을까. 사실 난 이런 거 정말 싫어하거든. 아무리 우리 아빠가 이사장이라도 내 관심사가 아니니까 학교를 말아먹든 지져 먹든 신경도 쓰지 않았어."

"그랬구나."

"그게 다야?"

"응? 왜?"

"방금 내가 한 말, 잘 생각해 보면 나 너한테 관심 있다는 얘기잖아."

"아, 그래? 음… 그래서?"

"진짜 딱딱하게 구네. 너한테 호감 있다고. 너랑 만나보고 싶다고."

"그러니까 연애를 하고 싶다는 말이지?"

"응."

예슬이의 당돌한 행동에 웃음이 나왔다.

"왜 웃어?"

"귀여워서."

"뭐, 뭐?"

예슬이의 얼굴이 대번에 붉어졌다. 난 그 아이가 이상한 오해를 하기 전에 선을 딱 그었다.

"하지만 난 지금 연애에 딱히 관심이 없어. 그러니까 방금 건 못 들은 걸로 할게."

"마음대로 해. 내가 애초부터 관심 가지지 않았다면 모를까, 한번 이렇게 되면 쉽게 포기하지 않거든, 나."

"알았어. 너도 마음대로 해라."

거기까지 대화를 나누고서 보폭을 넓혀 예슬이보다 먼저 교실로 들어섰다.

학교에서 참 재밌는 일이 많이 일어나는 것 같았다.

*   *   *

드디어 방학이 시작되었다.

내 주변 학생들은 모두 신이 난 표정이었지만 난 그럴 수가 없었다.

방학식을 마치자마자 집으로 돌아왔다.

그리고 내 방 탁상 달력의 한곳에다 검은색 펜으로 동그라미를 그렸다.

"8월 10일."

전생에서 우리 부모님이 돌아가셨던 날이다. 그러니까 부모님의 기일이기도 하다.

부모님은 그날 밤거리를 걷다가 괴한의 칼에 난자당해 돌아가셨다.

그런데 괴이하게도 두 분 다 심장이 사라지고 없었다.

당시의 난 뉴스 같은 것에 그다지 관심이 없었다. 한데, 부모님이 그런 변을 당하고 나서야 주변에서 들려오는 말이 있었다.

강원도 지역에서 두 달여 전부터 몇 번째 비슷한 사건이 일어났다는 것이다.

그러나 살인범은 끝끝내 잡지 못했다.

결과적으로 살인범이 잡히기 전에 먼저 내가 죽고 말았다. 동생처럼 손목을 그어서.

하지만 지금의 난 모든 것을 알고 있다.

절대로 똑같은 일이 반복되게 하진 않을 자신도 있다. 내겐 그럴 만한 힘이 존재하니까.

'정신 나간 살인범이라고 해봤자 어차피 지구인이다.'

지구인은 마법의 힘 앞에 절대적으로 무력하다.

게다가 살인 후 심장을 꺼내가는 정도의 범행은 디프로티아 대륙에선 아무것도 아니었다.

지구이기에 이러한 행각이 엽기적 범행으로 표현되는 것이다.

디프로티아 대륙에서는 사악한 신을 섬기는 '자하드' 교단의 다크 프리스트들이 수시로 사람을 죽이고서 심장을 꺼내가는 만행을 저질러 왔다.

그들은 최대한 신선한 상태로 심장을 보관해 자하드 신전의 제단에 올린 다음 자하드 신을 부르는 의식을 거행한다.

심장엔 가장 큰 생명 에너지가 담겨 있고, 이는 자하드 신이 가장 좋아하는 제물이라는 믿음 때문이다.

의식을 치른 다음엔 그 심장을 모두 먹어치운다.

생으로 먹든 구워 먹든 어떻게든 먹으면 되는 것이다.

심장을 굳이 먹는 이유는, 한번 제단에 올라간 심장은 자하드 신에게 빨려 나간 에너지 대신 그의 권능이 깃들어 있기 때문이다.

그게 정말인지 아닌지는 그 당시에도 알 수 없었다.

하지만 한 가지 확실한 건, 자의든 타의든 자하드 신전에 찾아왔다가 심장을 먹은 사람은 두 번 다시 다른 신을 섬기지 않는다는 것이다.

그래서 자하드 교단은 디프로티아 대륙 내의 골칫덩이였지만 끝끝내 제대로 토벌되지 못했다.

제국의 황제가 대륙 공적 선포를 하고서 토벌령을 내린 적도 있었다. 하지만 끝끝내 그들은 살아남았다.

어디로 어떻게 숨어 다니는 건지 모르겠으나 교단을 다시 일으켜 세울 핵심 간부들은 늘 죽지 않았다.

아무튼 디프로티아 대륙에선 그런 특수성으로 인해 시체의 심장을 가져가는 사건이 빈번했다. 그런데 한국에서 그런 일이 일어난다는 건 이해하기 힘들었다.

대체 심장을 어디에 쓰려 하는 건지 알 수가 없었다.

그렇다면 방법은 하나.

그 살인범을 잡고서 직접 물어봐야 한다. 어차피 8월 10일, 우리 부모님께서 살해당하던 그 시각 그 장소에서 녀석과 난 만나게 될 테니까.

*　　　*　　　*

여름방학은 빠르게 지나갔다.

벌써 여름방학이 시작된 지도 보름이다.

나의 하루 일과는 늘 정해진 범주 내에서 크게 벗어나는 일 없이 반복되었다.

아침 일곱 시에 일어나 세면 뒤 밥을 먹고 운동을 빙자해 산으로 올라가 마나사이펀을 한다.

마나는 대자연의 기운이므로 울창한 숲 속에서 하면 더욱 효과가 높기 때문이다.

꾸준한 마나사이펀의 결과로 이미 난 2서클에 올라섰고, 지금은 조만간 3서클에 돌입할 준비를 하는 중이다.

숲 속에서의 마나사이펀이 끝나면 점심나절 집으로 내려와 지우와 밥을 챙겨 먹는다.

지우는 방학 내내 거의 집에서 그림 연습만 하고 있었다. 그 나이 땐 한창 친구들을 만나러 나가기에 바쁠 텐데, 녀석은 친구들이 먼저 놀자고 연락해도 거절해 버린다.

집안 사정이 어려워 밖에서 쓸 돈까지 아끼는 것이다.

여름이라며 여기저기 여행 다니기 바쁜 또래의 아이들과
는 많이 다른 모습이다.

힘든 가정에서 조숙하게 자라 일찍 철들어 버린 동생의 모
습이 개인적으로 좋다기보단 가슴 아팠다.

'이러니 더더욱 돈이 필요하지.'

하지만 당장은 돈을 버는 것보다 힘을 키우는 것, 우리 집
안의 미래에 다가올 힘든 사건을 방지하는 것이 우선이었다.
우선은 모두가 살아남아야 한다.

그래야 돈도 벌고 밝은 미래도 개척할 수 있는 것이다.

아무튼 집에서 점심을 해결한 이후엔 내 방에 놓인 구식 컴
퓨터로 한 시간가량 인터넷 기사를 본다.

주로 '심장을 훔치는 살인마'에 대한 기사만 찾아서 읽었다.

이를 끝내고 난 다음엔 오러로 체내의 탁기를 씻어냈다.

내 몸은 탁기가 사라질수록 점점 더 좋아졌고, 지금은 어지
간한 병마는 침투도 못할 만큼 건강체가 되었다.

이렇게 탁기를 씻어내는 과정 역시 한 시간 정도가 걸린다.

그다음엔 다시 밖으로 나가 숲을 찾는다. 그리고 숲에서 세
시간 정도 체술을 연습한다.

디프로티아 대륙에서 난 무황의 체술 '무적권(無敵拳)'을
익혔다.

무적권은 기본적으로 무적 1장에서부터 5장까지 존재하며, 이를 모두 다 체득한 이후엔 무적풍(風), 무적수(水), 무적지(地), 무적화(火), 무적빙(氷)의 다섯 단계를 체득할 수 있게 된다.

그리고 그마저도 통달하게 되면 무적뢰(雷)와 무적강(鋼)의 단계를 체득하게 되고, 이것을 익힌 후 바로 무적권의 극의(極意)라 할 수 있는 무적천(天)을 체득하게 되는 것이다.

이즈멜로 살아가던 당시의 난 이미 마법 하나만 갖고도 감히 대적할 자가 주변에 없었기에 무적권은 딱 5장까지밖에 익히지 않았다.

그러나 무적권의 모든 오의는 알고 있었다.

당시의 내 깊은 식견으로 한 번 보고서 이해하지 못할 무공서와 마법서는 없었다.

그러니 사람들이 어렵다고 노래를 부르는 무황의 무적권 역시 그가 남긴 비서를 보고서 쉽게 묘리를 파악해 버린 것이다.

때문에 무황에게 직접 체술을 사사하지 않았다 하더라도 내 머릿속엔 무적권의 모든 것이 담겨 있었고, 혼자서도 충분히 수련을 할 수 있었다.

난 지금 숲 속에서 무적 1장의 다섯 가지 초식을 반복적으로 펼치고 있었다.

무적권은 참으로 잘 만든 체술이었다.

초식을 연마하다 보면 나도 모르게 근력, 지구력, 민첩성이 고루 발달하기 때문이다.

체술이라는 것이 간단해 보여도 사실 깊이 파고들면 마법만큼이나 복잡한 것이다. 때문에 이처럼 육신을 고루 발달시키도록 초식을 짜놓기가 대단히 까다롭다.

하지만 무황은 그걸 해냈다.

무적 1장이 몸에 익숙해지면 무적 2장을 익히고, 그게 익숙해지면 3장으로 넘어가야 한다.

한데 1장이 몸에 익숙해졌다는 얘기는 그만큼 육신이 크게 발달했다는 뜻이다.

현재의 지구인들이 무적 1장만 제대로 익혀도 주변의 동갑내기들에게 맞고 다닐 일은 없을 것이다. 2장을 익히면 자기가 사는 동네 정도야 충분히 주름잡을 수 있을 테고, 3장을 익히면 도시를, 4장을 익히면 지역구를, 5장까지 익히면 전국구를 밑에 둘 수 있을 것이다.

그만큼 무황의 무적권은 강한 체술이었다.

난 요즘 슬슬 무적 2장으로 넘어갈 준비를 하는 중이다. 무적 1장이 이제 완전히 몸에 익었기 때문이다.

방학을 맞고서 고작 보름 정도 무적권을 연습했는데도, 이만큼의 성과를 얻었으니 빠른 발전이라 말할 수 있었다.

그렇게 무적권의 연습을 마치면 늦은 저녁이 된다.

집으로 돌아가서 샤워를 한 뒤 지우와 밥을 챙겨 먹고 내 방으로 들어온다.

그리고 두 시간 정도 무적권의 호흡법을 이용해 오러 홀의 오러를 몸 곳곳으로 순환시킨다.

이건 오러로 탁기를 정화하는 것과는 다르다.

탁기는 나쁜 기운을 깨끗하게 만드는 것이다. 호흡법으로 인해 순환되는 마나는 탁기를 정화하지 않고 맑고 깨끗한 기운을 가진 세포들을 더욱 깨끗하게 만들어 성장시킨다.

그 과정에서 몸은 한층 더 건강해진다. 게다가 무적권을 마치고 난 다음 두 시간 이내에 호흡법을 하면 운동의 효과가 배로 좋아진다.

한 가지 더.

호흡법에 따라 몸 곳곳을 순환한 오러는 육신의 단련으로 생겨난 새로운 오러, 그러니까 기(氣)를 오러 홀로 끌고 들어온다.

따라서 오러 홀의 오러가 더욱 불어나게 된다.

호흡법이 끝나면 한 시간 정도 휴식을 취한다.

그때가 밤 열한 시쯤이고, 아버지는 요즘 주로 그 시간에 집에 들어오신다.

어머니도 일주일에 한두 번 집에 들어올 때 대부분 그 시간에 오신다.

그럼 난 일부러 거실에 나가 인사드리며 얼굴을 비춘다.

이후 다시 방으로 들어와서 마나사이펀을 계속한다. 그리고 새벽 서너 시가 되어서야 잠자리에 든다.

이것이 방학 동안의 내 하루 일과였다.

　　　　*　　　*　　　*

　8월 10일.

　그날은 부모님의 기일이지만 두 분의 결혼기념일이기도
했다.

　두 분은 결혼기념일, 늦게 일을 끝내고서 그날을 기념하기
위해 간단히 술집에서 술을 한잔하고 돌아오던 길에 봉변을
당한 것이다.

　오늘은 8월 8일.

　이제 그날이 이틀 앞으로 다가왔다.

　이즈멜로 살면서 산전수전 다 겪은지라 어지간한 일에는
눈도 깜빡 안 하는 나였다.

　그런데 지금은 벌써부터 손발에 땀이 맺힌다.

　심장이 평소보다 빨리 뛰었고, 은은한 긴장감으로 몸이 붕
뜬 것 같았다.

　일정한 간격으로 나도 모르게 마른침을 삼키고 있었다.

　하지만 긴장은 거기까지.

　난 나 자신을 스스로 다독이고 얼른 마음을 가라앉혔다.

　"후우우."

　숨을 천천히 가다듬었다.

　그와 동시에 마음이 착 가라앉았다. 하지만 이내 다시 복잡
한 심경이 몰려들어 마음을 어지럽혔다.

'정해진 미래는 충분히 바꿀 수 있다.'

내가 한국 땅에 회귀해 여태껏 지내온 바로는 확실히 그러했다.

예슬이와 인연을 맺게 된 것도, 태광이 패거리를 때려눕힌 것도, 그래서 퇴학당할 뻔한 것을 예슬이의 도움을 받아 잘 넘어간 것도 전부 전생에서는 없었던 일이다.

지금의 난 3서클을 바라보는 마법사에 무적권을 2장까지 성취한 무술가다.

제가 아무리 악독하고 엽기적인 살인마라 하더라도 충분히 제압할 자신이 있었다.

문제는 계속 부모님의 시신이 트라우마처럼 떠오르며 마음이 쉬이 진정되지 않는다는 것이다.

디프로티아 대륙에서 절대지존의 9서클 마법사가 되었던 나다.

그 누구도 내 마음이 흐트러지도록 만들지 못했다.

하지만 가족 앞에서는 절대지존이고 대마법사고 다 필요가 없어지는 모양이다.

"아무래도 오늘, 내일은 그냥 쉬는 게 낫겠어."

수련을 거르는 건 이번이 처음이었다.

그러나 도통 집중이 되질 않아 어쩔 수가 없었다.

아침 일곱 시에 일어나 열 시가 다가오는 지금까지 방에서 아무것도 못하고 있었다.

기분을 전환시키기 위해 내 방에서 나왔다.

그러자 거실 소파에 앉아 텔레비전을 보고 있던 지우가 날 보고서 눈을 동그랗게 떴다.

"어? 오빠, 오늘은 아침 운동 안 갔어?"

"응. 한 이틀 쉬려고."

"그래, 운동도 너무 무리하면 오히려 안 좋대."

"걱정해 줘서 고맙다."

난 지우의 옆에 앉았다.

"그런데 오빠, 갈수록 몸이 눈에 띄게 좋아진다. 살도 많이 붙고 근육도 생기고. 키도 좀 더 큰 것 같은데?"

지우의 말이 맞았다.

무적권을 연마하고 호흡법을 시작하면서 내 몸은 롤러코스터를 타는 것처럼 무서운 속도로 강해졌다.

지금 내 키는 백칠십팔에 몸무게는 칠십 킬로그램이다.

몸에 불필요한 살이나 보기에만 위협적이고 정작 쓸모없는 무식한 근육 같은 건 없었다.

전신에 달라붙은 근육 하나하나가 싸움에 꼭 필요한 알짜배기이다.

가끔 지우가 텔레비전에서 나오는 아이돌의 몸을 보며 조각이 따로 없다고 하는데, 내 몸도 그와 다를 게 없었다.

다만 그들의 근육은 단기간에 약까지 복용하며 만들었기에 관상용으로는 좋을지 몰라도 힘이 없다.

조금만 게을리 하면 모두 사라져 버리는 물근육이다. 내 근육과 비교하는 것 자체가 어불성설이다.

"아, 오빠, 이것 좀 봐."

혼자 근육에 대한 예찬을 펼치고 있는데, 지우가 소파 앞 유리 테이블에 올려져 있는 에이포 용지 하나를 내밀었다.

"이게 뭔데?"

"아빠가 무슨 사업 같은 거 구상하면서 이것저것 적어놓은 것 같아."

"사업 구상?"

"응."

난 용지에 규칙없이 어지럽게 적힌 글을 읽어보았다.

'맛있는 고깃집. 단가가 비싸지 않으면서 질도 나쁘지 않은 돼지고기. 유통업체 어디? 가게 전세금. 리모델링 비용. 신 메뉴로 승부.'

용지에 적힌 글을 읽어본 난 고개를 갸웃거렸다.

"그치? 아빠 사업 구상 하는 거 맞지?"

"그런 것 같다."

아버지는 지금 회사에 다니고 계시다.

하지만 회사에서 받는 돈으로는 우리 가족이 겪고 있는 자금난이 해결되지 않는다. 어머니가 파출부 일을 하시면서 벌어오는 돈을 합해야 겨우 입에 풀칠하는 정도다.

예전에 장사를 시작했다가 잘 되지 않아 지게 된 빚이 크기 때문이다.

한데 그렇다고 해서 당장 고기 장사를 할 수는 없었다.

무슨 일이든 시작하려면 자금이 있어야 한다. 내가 알기로 우리 집에 당장 그런 자금은 없었다. 어디서 구해올 수 있는 곳도 없었다.

순간, 내 머릿속에서 불길한 생각 하나가 떠올랐다.

"혹시……"

"혹시 뭐?"

지우가 호기심 어린 표정으로 날 바라봤다.

난 그런 지우에게 고개를 저었다.

"아니야."

"치, 싱겁긴."

"지우야, 오빠 배고픈데 라면 좀 끓여줄래?"

"라면? 아, 그러고 보니 오빠 여태껏 아침도 못 먹었겠네. 알았어."

지우는 싱긋 웃어 보이고서 부엌으로 달려갔다. 그러자 내 시선이 손에 들린 A4 용지로 향했다.

"아무래도……"

아버지는 회사에서 퇴직을 강요받고 있는 모양이다.

올해 아버지의 나이 쉰이시다. 아버지가 원체 건강하신 분인지라 여태껏 큰 병 한 번 앓은 적 없고, 고질병 같은 걸 달고 사시지도 않는다.

어딜 가면 사람들은 아버지를 마흔 초반이나 서른 후반으로 볼 정도다.

하지만 그렇다고 해도 쉰이 된 분을 어느 회사에서 채용하겠는가? 지금 다니는 회사에서 나오게 되면 아버지는 그 길로 회사원 생활 끝이다.

그러니 퇴직금으로 새로운 장사를 해보려는 생각인 모양이다.

어찌 보면 어려운 결정이고 힘든 길이 될 수도 있다. 하지만 내게는 그렇지 않았다. 오히려 이것이 기회로 느껴졌다.

내가 익힌 마법으로 가족을 재정적 위기에서 구할 기회 말이다.

난 내 눈에 들어오는 아버지의 필적 위에 새로운 계획들을 겹치기 시작했다.

어쩌면 걱정으로만 채워졌을 이틀은 사업 구상을 하는 알찬 시간으로 바뀌어 흘러갔다.

그리고 드디어,

8월 10일이 찾아왔다.

the Archmage Returns

제5장

심장 사냥꾼

낡고 허름한 데다 좁기까지 한 방 안.

그곳은 벽마다 피 칠갑이 되어 있고, 빛이 들어오는 창문 하나 없이 촛불 두 개만이 사위를 비추고 있어 음침하기 그지없었다.

방의 한구석엔 커다란 냉동고가 놓여 있었다.

터벅터벅.

험상궂은 인상의 사내 강태호가 신발도 벗지 않고 방 안으로 들어섰다.

그리고 방문을 걸어 잠근 뒤 품안에서 비닐봉지를 꺼냈다.

태호는 매듭 지어 막아놓았던 봉지의 입구를 열어 안에 들

어 있는 무언가를 꺼냈다. 놀랍게도 그것은 사람의 심장이었
다.

태호가 심장을 가만히 바라보며 이죽거렸다.

"부자들의 취향이란……. 이걸 고상하다고 해야 할지, 이
상하다고 해야 할지. 하긴, 내가 신경 쓸 일은 아니지. 이것
하나에 천만 원이니 지금처럼 잘 보관했다가 넘겨주면 그만
이야. 사람의 심장을 먹는 식인종들아, 이번에도 잘 부탁한
다."

태호는 애써 태연한 척하고 있었지만, 밖으로 새어 나오는
목소리는 은은하게 떨렸다. 심장을 들고 있는 손도 부들거리
며 떨려왔다.

그는 심장을 밀폐 위생 팩에 잘 옮겨 담아 냉동고 안에 넣
었다.

"후우우."

길게 한숨을 내쉰 태호가 냉동고 문을 닫았다.

"이제 몇 번만 더 하면 그 지긋지긋한 꼬치 장사를 그만두
고 새로운 인생을 시작할 수 있어."

태호는 입버릇처럼 그렇게 내뱉고서 자조적인 미소를 깨
물었다.

"어차피 꼬치 가게는 그때 불타 버렸지."

그의 시선이 피 묻은 손으로 향했다. 방 안은 조금도 춥지
않았건만 커다랗고 우악스런 손이 수전증이라도 있는 것처럼

떨려왔다.

그가 떨리는 두 손을 맞잡았다.

"씨팔, 괜찮아. 떨지 마. 지금까지 잘해왔잖아."

순간 그의 가슴속에 한 가닥 남아 있던 사람으로서의 양심이 욱신거렸다.

"괜찮다고! 사람 목숨, 천만 원에 팔리는 거? 그거 아무것도 아니야! 그래! 나 오백 벌자고 사람을 죽였어! 그런데 그게 뭐! 어차피 이 세상은 자기가 살아남기 위해서 남을 죽여야 돼! 그런 구조로 되어 있다고! 나 같은 놈들은 이렇게라도 하지 않으면 살 수가 없단 말이야! 우선 내가 살고 봐야 하지 않겠냐고!"

태호는 근 몇 년간 사업 실패로 떠안게 된 커다란 빚 때문에 빚쟁이들과 사채업자들에게 쫓기는 삶을 살아왔다.

그 와중에도 어떻게든 착실히 돈을 벌어 새 인생을 다져 보겠다고 꼬치구이 포장마차를 차렸다.

그러나 그마저도 잘 되지 않았다.

빚쟁이들의 꼬장은 어떻게든 받아주겠지만 문제는 사채업자들이었다.

사채업자들은 처음엔 무서운 욕설과 협박으로 괴롭히더니 나중에는 폭력을 동반했고, 마지막엔 장기를 빼 간다며 각서에 지장을 찍게 했다.

태호에게 남은 건 절망뿐이었다.

누군가 그에게 작은 희망이라도 던져 준다면, 악마에게 영혼이라도 팔 수 있을 것 같았다.

그런 그의 앞에 누군가가 나타났다.

스스로를 '엑스'라고 밝힌 그는 태호에게 기사회생의 기회를 주겠다며 일거리 하나를 알선했다.

그것이 바로 사람의 심장을 구하는 일이었다.

최대한 싱싱한 심장을 가지고 오면 그것을 개당 천만 원씩 쳐 주기로 했다.

처음에는 긴가민가했다.

하지만 엑스는 태호의 눈앞에서 현찰로 오백만 원을 건넸다. 그리고 은밀한 거래가 이루어질 장소의 주소를 던져 주었다.

만약 싱싱한 사람의 심장을 구해 그곳으로 간다면 나머지 오백을 받을 수 있을 것이라는 말과 함께 말이다.

그것으로 끝이었다.

더 이상 태호가 엑스와 만날 일은 없었다.

그는 늘 사람의 심장을 구해서 중간 브로커들과 직접 거래했고, 천만 원씩을 그 자리에서 받았다.

그렇게 빚을 다 갚고 나서 지금은 새로운 삶을 살기 위한 군자금을 마련하는 중이었다.

살인도 처음이 어렵지 계속하다 보니 익숙해졌다.

물론 아직도 사람을 죽이기 전엔 수십 분에서 수 시간씩 마음을 다잡아야 하지만, 그래도 한 번 타깃을 정하면 죽이는 손속에 망설임이 없었다.

"정신 차리자. 흥분하지 말고. 저번처럼 사고를 저질러선 안 돼."

태호는 얼마 전 무전취식을 하던 꼬마를 쥐어 팼던 사건을 떠올렸다. 당시의 태호는 심적으로 대단히 예민해진 상황이었다.

주기적으로 살인을 해야 하니 멀쩡한 정신을 유지하고 사는 게 어려운 일이긴 했다.

하지만 그래서는 안 되었다.

태호는 경찰이 현장에 도착한 순간 심장이 입 밖으로 튀어나오는 줄 알았다.

자신은 아동을 폭행했고, 가게는 불에 모두 타버린 상황이었다.

경찰들은 단순히 그 두 가지 사건에만 초점을 맞췄지만, 괜히 일이 잘못되어서 자신이 심장 사냥꾼이라는 것이 밝혀지면 산통 다 깨지는 것이다.

그때의 일을 떠올리니 갑자기 정우의 얼굴이 그려졌다.

태호는 이를 빠득 갈고 머릿속을 깨끗이 비웠다.

"이제 마지막이다. 정말 마지막."

나직이 읊조린 태호가 천천히 등을 돌려 방을 나섰다.

*　　*　　*

경찰에서 파악했던 부모님의 사망 추정 시간은 새벽 두 시였다.

난 지우가 자는 것을 확인한 뒤, 열두 시에 집에서 나왔다.

아버지께선 열 시쯤 집으로 전화를 해 오늘 늦을 것이라고 말씀하셨다.

전생에선 그 말을 믿고서 잠들었다.

하지만 오늘은 내가 그 살인마를 잡아야 한다.

부모님이 변을 당하신 장소로 향했다.

집에서 일 킬로미터 정도 떨어진 곳의 좁은 골목이다.

난 기감을 활짝 열고서 사방을 감시하며 시간을 보냈다.

그렇게 한 시간 반 정도가 지났을 때,

터벅터벅.

누군가의 발소리가 골목에 울려 퍼졌다.

정확히 내 쪽으로 다가오고 있었다.

아직 그가 범인이라는 증거는 없었기에 난 인기척을 없애고 천천히 뒤로 움직여 어둠 속에 몸을 숨겼다.

그리고 상황을 살폈다.

"후우, 후우."

골목으로 들어선 신체 건장한 사내가 달뜬 숨을 내뱉으며 말했다.

"오늘로서 심장 사냥도 끝이다."

드디어 만났다.

갈기갈기 찢어 죽여도 시원찮을 씨팔 새끼.

방금 저 녀석의 입에서 나온 말 한마디로 모든 것이 확실해졌다. 우리 부모님을 죽인 개종자가 내 앞에 있었다.

'지구에서도 이런 미친 인간들이 있었다니.'

그가 왜 심장을 사냥하는 것인지 나는 모른다. 그래서 묻고 싶다. 왜 그런 악행을 일삼고 다닌 것인지. 왜 그 때문에 내 부모님이 희생당해야 했는지.

사내는 내게 등을 지고 서서 골목 밖을 힐끔힐끔 바라보는 중이었다. 때문에 얼굴은 아직 확인할 수가 없었다.

"후우, 후우."

그는 십 분이 넘도록 잔뜩 상기된 상태로 제자리에 서서 심호흡을 했다.

그대로 놓아두면 한 시간이고 두 시간이고 계속 심호흡만 할 기세다.

아무래도 전생의 부모님은 집으로 이어지는 이 골목길에 들어섰다가 우연히 녀석과 마주쳐서 변을 당하신 모양이다.

이제 조금만 더 있으면 부모님께서 골목으로 들어서신다.

움직여야 할 때가 왔다.

난 귀신같은 움직임으로 사내의 뒤로 다가갔다. 그리고 녀석의 한쪽 팔을 잡아 뒤로 꺾었다.

"크악!"

놀란 사내가 비명과 함께 고개를 뒤로 돌렸다.

비로소 난 사내의 얼굴을 확인할 수 있었다. 한데 녀석은 나와 구면이었다.

바로 먹자골목에서 꼬치 가게를 운영하던 그 인간이었다.

"너, 너는!"

녀석도 날 알아봤는지 놀라 소리쳤다.

그때, 멀리서 부모님이 도란도란 대화하는 소리가 들려왔다.

"이렇게 당신이랑 걸어보는 게 얼마만인지 모르겠어요."

"그러게 말이야. 별수 있나. 서로 바쁘니."

난 부모님이 나누는 대화를 더 듣기 위해 사내의 입을 틀어막았다.

"정우랑 지우는 다 잠들었겠죠?"

"그랬겠지. 당신, 요새 정우가 많이 달라진 거 느껴?"

"네. 제 자식인데 그걸 모르려구요. 하지만 전 나쁘지 않다고 봐요. 예전엔 마냥 비리비리하고 마음도 약해서 늘 물가에 내놓은 어린아이 같았거든요. 그런데 요즘엔 그렇게 듬직할 수가 없어요."

"사실 나도 그래. 사람이 무슨 일로 충격을 받으면 갑자기 변한다던데… 우리가 모르는 큰 사건이 정우에게 있었던 모양이야. 하지만 아무렴 어때? 거기서 무너졌다면 모를까, 그걸 계기로 더 씩씩해졌으니 환영할 일이지."

"그럼요."

"더 열심히 살자고. 우리 애들을 봐서라도 그렇게 하자
고."

"당연히 그래야지요."

별것 아닌 일상적인 대화였지만, 이를 듣는 내 가슴은 먹먹
해졌다.

자나 깨나 자식 생각만 하는 부모님이 가엾고 고마웠다.

난 내게 붙잡힌 사내의 후두부를 후려쳤다. 그러자 녀석의
몸이 축 처졌다. 그 상태로 사내를 어깨에 메고서 집이 아닌
다른 쪽으로 이어지는 골목으로 몸을 숨겼다.

부모님은 그런 내 앞을 스쳐 지나갔다.

난 다시 골목에서 나와 두 분의 뒤를 천천히 따라갔다.

그리고 두 분이 무사히 집에 들어가시는 걸 보고 나서야 안
심할 수 있었다.

'됐어. 이제 부모님이 돌아가시는 일은 없어.'

미래를 바꿨다.

내 인생에 가장 큰 전환점이 되었던, 모든 것이 비극으로
치닫게 만들었던 그 미래를 완전히 바꿔 버렸다.

남은 건,

"내 인생을 좀먹게 만들었던 원흉을 처리하는 것뿐."

타닷!

난 빠르게 발을 놀려 인근 숲으로 향했다.

*   *   *

숲에 도착해 사내를 바닥에 던졌다.

털썩.

"음!"

그 충격에 사내가 서서히 눈을 떴다.

난 녀석이 정신을 차리고 상황을 인지하기 전에 2서클 속
박 마법을 시전했다.

"홀딩."

시전어가 흘러나오자 사내는 몸을 일으키려는 자세 그대
로 굳어버렸다.

"큭! 무, 무슨 짓이야!"

"이름."

"뭐, 이 새끼야! 빨리 이거 풀어! 안 좋은 꼴 당하고 싶어!"

정신을 못 차려도 한참 못 차렸군.

난 사내에게 다가가 주먹으로 왼쪽 얼굴을 가격했다.

퍽!

"컥!"

"이번엔 턱 돌아간다. 이름."

"크헉!"

사내는 대답 대신 신음을 내뱉었고, 이번엔 반대쪽 뺨에 내 주먹이 틀어박혔다.

퍽!

"크악!"

"이름!"

"가, 강태호! 크으윽!"

"강태호. 네놈이 심장 사냥꾼이냐?"

"무, 무슨 근거로 그런 말을 하는 거냐!"

"넌 나한테 질문할 권리가 없다. 지금 이대로 모가지를 뽑아버릴 수도 있어."

내 말은 협박이 아니었다.

난 태호의 머리를 손가락 다섯 개로 압박했다. 그리고 위로 살짝 당겼다. 무적 2장까지 마스터한 지금의 내 근력은 충분히 사람의 목을 뽑아버릴 수 있었다.

태호가 식은땀을 뻘뻘 흘리며 신음을 흘렸다.

"끄으으… 마, 말할게! 마, 맞아! 내, 내가 심장 사냥꾼이야!"

"왜 그런 짓을 한 거냐?"

"크윽… 왜? 왜 그랬냐고? 크… 크크큭!"

녀석이 갑자기 억눌린 웃음을 토해냈다. 입매는 묘한 모양으로 비틀어져 있었다.

"내, 내가 살려고 그랬다."

난 머리를 잡은 손에 더욱 힘을 가했다.

"계속 짖어라."

"크아악! 도, 돈이 필요했어! 내가 살기 위해선 돈이 필요했다고! 그래서 심장을 꺼내 팔았어!"

"심장을 팔아? 누구한테?"

"알 게 뭐야, 씨팔! 어떤 돈 많은 변태 같은 놈들이 사 갔겠지! 난 중개업자한테 심장을 넘겼을 뿐이야! 그 이후로는 아무것도 모른다고!"

"그러니까 넌… 단지 돈이 필요해서 사람을 죽였단 말이냐? 죽어버린 사람의 가족들이 어떤 아픔을 느끼는지, 어떤 지옥을 겪어야 하는지 신경도 쓰지 않았다는 말이냐?"

"내가 알 게 뭐냐고! 나 하나 제대로 살기도 힘들었단 말이다!"

이 녀석은 말을 잘못해도 한참 잘못했다.

우리 부모님은 이놈에게 살해당했다. 심장이 도려 나간 아주 처참한 몰골로 말이다.

이후 우리 남매는 처절한 고난과 고통 속에서 심신이 망가져 인간 이하의 삶을 살아야 했다.

결국 현실의 무게를 이기지 못한 동생이 자살했고, 나도 뒤를 이어 손목을 그었다.

한 가정의 인생을 파멸로 이끌고 간 인간이 감히… 내가 알 게 뭐냐는 말을 내뱉다니!

녀석의 그 한마디가 내 가슴에 불을 지폈다. 언제라도 터져 나갈 듯 가득 차 있던 분노가 기어코 폭발했다.

내 주먹이 태호의 어깨를 가격했다.

퍽!

빠가각!

"아악!"

녀석의 어깨뼈가 으스러졌다.

이번엔 반대쪽 팔을 잡아 비틀었다.

빠득!

"끄아악!"

놈의 양팔은 엉망이 된 상태로 굳어버렸다. 홀딩 마법에 걸려 제멋대로 몸을 움직일 수 없었기에 그런 흉측한 몰골로 가만히 있어야만 했다.

그리고 살짝 도약해 놈의 허벅지를 짓밟았다.

빠가각!

"끄아아아아악!"

태호는 사지의 뼈가 부러졌다.

이제는 홀딩 마법이 풀려도 자력으로 절대 도망치지 못할 지경이 되었다.

난 입에서 게거품을 흘리는 태호의 눈을 죽일 듯이 노려보았다.

"단지 너 하나 살자고 죄 없는 사람들을 죽이고 심장을 꺼냈다고?"

"끄으으……."

"너와 같은 놈들이 더 있냐?"

"나, 난 몰라……."

"너와 직접 심장을 거래하던 놈들은 어딜 가야 만날 수 있지?"

"서, 석갓마을 보, 봉구교를 지나 숲 쪽으로 걸어가면 창고로 쓰이던 폐건물 하, 하나가 있어. 오늘 새벽에 거기서 만나기로 했어!"

"네가 아는 건 그게 전부냐?"

"그게 전부야!"

더 이상 얻어낼 정보가 없다면 이제 녀석에게 남은 것은 죽음뿐이다.

"알았다. 그럼 이제 너도 네가 죽인 사람들과 똑같은 고통을 맛보아라."

"자, 자, 잠깐… 만!"

"윈드 커터."

난 2서클 바람 계열 마법 윈드 커터를 시전했다. 그에 눈에 보이지 않는 바람의 칼날이 형성되어 태호의 가슴을 갈랐다.

서걱!

"크아아악!"

"시끄럽다. 사일런스."

사일런스는 2서클 침묵 마법이다. 마법의 효력이 발동되자 태호의 입이 턱 닫혔다.

이제 고통스러워도 비명을 지를 수 없게 됐다.

갈라진 태호의 왼쪽 가슴에서 피가 쿨럭거리며 솟구쳤다.

난 그 상처 속으로 손을 집어넣었다.

푸우욱.

"…으읍! 읍!"

눈을 하얗게 까뒤집은 태호가 몸을 부르르 떨었다. 하지만 난 멈추지 않았다. 손을 더 깊이 집어넣어 심장을 틀어쥐었다. 그리고 그대로 뜯어냈다.

두두둑! 두둑!

심장에 연결된 혈관이 뜯어져 나가는 소리가 들렸다. 태호의 가슴 안에서 빠져나온 내 손엔 피가 철철 흐르는 심장이 쥐어져 있었다.

태호는 몸을 뻣뻣하게 편 상태로 간질병 환자처럼 펄떡거리다가 축 처졌다.

죽어버린 것이다.

난 들고 있던 심장을 태호의 오른손에 쥐어주었다. 그리고 놈의 주머니를 뒤져 작은 칼을 찾아냈다.

뉴스 기사를 보면 심장 사냥꾼은 항상 사람의 살을 예리한 흉기로 잘라 심장을 꺼내 갔다고 했다. 당연히 이런 칼 하나쯤은 소지하고 있으리라 생각했다. 그 칼을 태호의 왼손에 쥐어주었다.

마지막으로 엉망으로 부러진 태호의 뼈를 회복 마법 힐링으로 붙여주었다. 타박상을 입은 몸도 치료해 주었다.

그걸로 끝이었다.

디프로티아 대륙에선 이런 경우 그냥 죽여 버리면 그만이다. 법의 심판 같은 건 받지 않는다. 하지만 대한민국은 다르다.

이런 범죄자들에게도 인권이라는 것을 부여해서 함부로 죽이지 못하게 만든다.

숱하게 사람의 목숨을 앗아가고, 그로 인해 그 가족의 인생까지 망가뜨리는 쓰레기들한테 무슨 인권이 있단 말인가.

이런 놈들에게 인권은 없다.

세상 모든 범죄자들을 내가 처단하기도 싫고 그럴 여력도 없다.

단 하나,

내 가족을 건드리는 녀석들만큼은 법이 아닌 내가 단죄하겠다.

지금처럼.

"지옥으로 떨어지거라."

시체가 된 태호에게 저주의 한마디를 내뱉고서 걸음을 옮겼다.

태호를 죽인 것에 대한 후회나 죄책감 같은 건 없었다.

그저 가족을 지켰다는 안도감만이 가슴속을 가득 채울 뿐
이었다.

*   *   *

당장 걸음을 옮겨 태호가 말했던 심장 밀매의 장소로 향했
다.

석갓마을의 봉구교를 지나 숲 쪽으로 길을 잡으니 과연 폐
건물 하나가 나왔다.

그것은 작은 컨테이너 창고였다.

안에서 인기척은 느껴지지 않았다.

난 근처 숲에 몸을 숨기고 새벽까지 기다렸다. 하지만 여명
이 밝아오는 시각까지도 창고에 다가오는 사람은 없었다.

"눈치챈 건가?"

자리에서 일어나 창고 안으로 들어갔다.

작은 창고 안은 허무할 정도로 텅 비어 있었다. 거기에선
누군가의 흔적을 찾아낼 작은 단서 하나조차도 없었다.

태호의 말대로라면 오늘 새벽 중개업자들이 왔어야 한다.
그런데 오지 않았다.

근처에 숨어 있던 날 발견했다기보다 태호의 죽음을 알아
차린 것 같았다.

난 보통 사람들보다 오감과 기감이 발달했다.

때문에 멀리서도 인기척을 알아차릴 수 있고, 누군가 다가오려 했다면 충분히 대처할 수도 있었다.

그러나 이 장소로 다가온 사람은 아무도 없었다. 때문에 태호의 죽음이 중개업자들의 귀에 들어간 것이라 확신할 수 있었다.

"누군가 태호를 감시하는 녀석이 있었던 건가? 하나 그렇다면 내가 충분히 눈치챘을 텐데."

석연찮은 부분이 있었지만, 더 이상 여기서 시간을 보낼 순 없었다.

"우선은 돌아가야겠어."

난 빠르게 신형을 날려 집으로 향했다.

*　　　*　　　*

호화로운 넓은 방.

마치 중세유럽 시대를 연상시키게 하는 가구와 장식물들이 유려하게 배치되어 있는 그 방 안에 두 명의 사내가 소파에 앉아 한담을 나누고 있었다.

한 명은 중후한 인상에 범상치 않은 기도를 풍기는 중년 사내였고, 또 한 명은 어마어마한 덩치와 유난히 붉은 피부가 특징인 사내였는데, 그는 얼굴만 봐선 나이를 가늠하기가 힘들었다.

어찌 보면 약관으로 보이기도 하고 또 어찌 보면 중년으로 보이기도, 노인으로 보이기도 하는 천변만화의 얼굴을 가진 사내였다.

중년 사내가 고풍스럽게 기른 콧수염을 버릇처럼 어루만지며 입을 열었다.

"엑스, 일들은 잘 진행되어 가고 있겠지."

중년 사내의 말에 엑스라 불린 붉은 피부의 인물이 즉각 대답했다.

"대부분이 순조롭습니다, 마스터."

엑스에게 마스터라 일컬어진 중년 사내가 고개를 살짝 모로 틀었다.

"대부분이라 함은, 완벽하지 않단 말이군."

"그렇습니다."

엑스는 숨김없이 대답했다.

"말해보게."

"강태호가 사라졌습니다."

"사라져?"

"그렇습니다."

엑스는 강태호에게 미행자를 한 명 붙여놓았었다.

미행자는 절대 강태호의 근처에 접근하는 법이 없었다.

항상 멀리서 강태호의 동선만을 파악했다.

그러다 어제 새벽.

강태호가 사농동의 어느 마을에서 골목으로 들어갔다. 미행자는 그런 강태호의 모습을 멀리서 살폈다. 워낙 골목 안이 어두워 강태호의 모습이 잘 분간되지 않았지만, 그가 골목에서 숨을 고르고 있다는 걸 어렴풋이 확인할 수 있었다.

　미행자는 거기서 다시 거리를 멀리 벌렸다. 괜히 골목에서 정면으로 보이는 위치에 서 있다가 오해를 살 필요가 없기 때문이다.

　강태호는 골목에서 한참을 나오지 않았다.

　그건 그가 살인을 저지르기 전 마음을 가다듬기 위해 종종 보여온 행동인지라 크게 이상히 여기지 않았다.

　그러다 드디어 미끼가 나타났다.

　어느 중년 부부가 팔짱을 끼고서 골목으로 들어서고 있었다.

　미행자는 십 분 정도 뒤에 골목으로 들어서면 그 중년 부부가 시체로 변해 있을 것이라 확신했다.

　그런데 십 분 뒤.

　골목에 들어선 미행자는 놀라고 말았다.

　부부의 시체도 없었고, 강태호도 보이지 않았다.

　강태호는 원체가 조심성이 없는 인간이었다. 보통은 사람을 죽일 때 어떠한 수단으로 기절시킨 뒤 안전한 곳으로 옮겨가 일을 마무리 짓는 것이 보통이었다.

　그런데 강태호는 늘 자신이 숨어 있던 그 자리에서 사람을 죽였다.

때문에 그의 흔적을 지워주기 위해 미행자가 이런저런 노력을 해야만 했다.

뭐, 그런 건 미행인의 또 다른 전문 분야이니 크게 상관은 없었다.

그런데 강태호가 평소 그의 패턴이 아닌 다른 패턴으로 움직인 것은 문제가 되는 일이었다.

갑자기 녀석이 신중해졌던가, 아니면 다른 사건이 벌어졌을 가능성이 높았다.

미행인은 일단 근처에서 강태호의 흔적을 찾았다. 하지만 도저히 강태호를 발견할 수 없었다.

그는 엑스에게 연락을 취해 사실을 보고했다.

엑스는 그 즉시 만약을 대비해 늘 심장을 거래하던 창고에 아무도 가지 말라 일렀다.

어차피 창고에는 아무것도 없었다. 텅 빈 창고에서 심장을 거래했을 뿐이다. 누구도 창고에 가지 않으면 덜미를 잡힐 일은 없었다.

그런 엑스의 조심성 덕분에 정우는 더 큰 실마리를 얻지 못하고서 돌아가야만 했다. 엑스의 입장에선 다행스러운 일이었다.

강태호의 시신은 그날 새벽 다섯 시 무렵이 되어서 그의 하수인들에게 발견되었다.

시체의 처리 여부를 묻는 하수인들에게 엑스는 그대로 놓아두고 매스컴에 제보하라 일렀다.

　엑스는 마스터에게 이 일련의 과정에 대해 상세히 보고했다.

　그에 수염을 어루만지던 마스터의 손이 멈췄다.

　"강태호가 자살을 한 것 같던가?"

　"절대 그럴 인간은 아닙니다."

　"그럼 타살이라는 말이지?"

　"그런 것 같습니다."

　"범인은?"

　"확인 못했습니다. 죄송합니다."

　"음. 강태호를 죽이고서 자살로 보이게끔 위장시켰다. 지금 이 시대에 그 정도의 담력을 가진 자들은 몇 되지 않지. 혹 우리의 계획이 외부로 발설되었을 가능성이 있는가?"

　"없습니다."

　"그럼 강태호가 죽인 사람들 중 특수한 직종에 종사하는 인물을 가족으로 둔 자가 존재했을지도 모르겠군."

　마스터가 말하는 특수한 직종이란 살인 청부업자나 특수 요원 등을 말하는 것이었다.

　"그럴 가능성이 높습니다."

　"그렇다면 최대한 조용히 처리하는 게 낫겠군."

　"강태호와 우리 사이의 연관성은 아무것도 알아내지 못할 것입니다."

"그래. 이제 죽어버린 녀석에겐 관심을 끄자고. 그 녀석 말고도 우리 뜻대로 움직여 줄 꼭두각시는 얼마든지 있으니까 말이야."

"알겠습니다."

"차나 마저 들지."

"네."

한담이라고 하기엔 오싹한 대화의 내용이었으나 두 사내는 아무런 거리낌도 없는지 차를 음미하기 시작했다.

"흠. 오늘은 차향이 특히 좋구만."

*   *   *

다음 날 아침.

우리 가족은 오래간만에 모두 모여 식사를 할 수 있었다.

평소보다 조금 늦은 아침이었다. 보통은 늦어도 일곱 시엔 식사를 한다. 그런데 오늘 아침 우리 가족이 상 주변으로 둘러앉은 시간은 여덟 시였다.

토요일인지라 아버지도 회사를 나가지 않으셨고, 어머니도 오늘 하루 파출부 일을 쉬게 되었기 때문이다.

난 가족끼리 함께 맞게 된 오늘의 아침이 너무도 기분 좋았다.

내 손으로 개척한 새로운 미래였다. 따뜻하고 포근하고 아름다운 미래였다.

서로가 서로의 얼굴을 보며 미소 짓고, 소소한 얘기를 주고 받으며 웃고, 소박하지만 맛있는 어머니의 음식을 먹으며 만족할 수 있는, 그런 행복에 겨운 아침을 계속해서 이어나갈 수 있게 되었다.

텔레비전의 뉴스 전문 채널에서 이런저런 소식을 전해주고 있었다.

그런데 갑자기 속보 기사가 떴다.

―속보입니다. 금일 오전 일곱 시, 강원도 춘천시 사농동 인근의 숲 속에서 사람을 살해해 심장을 가져가던 범인의 것으로 추정되는 시체 한 구가 발견되었습니다.

그 속보에 나는 물론이고 가족들의 시선이 일제히 텔레비전으로 향했다.

"응? 사농동이면 우리 동네잖아?"

"그러게요."

―현장에 나가 있는 김대기 기자 연결하겠습니다. 김대기 기자?

텔레비전 속 영상은 여성 앵커의 모습에서 사건 현장으로 전환되었다.

―네, 김대기 기자입니다. 여기는 심장 사냥꾼이라 불리던 범인의 것으로 추정되는 시체가 발견된 현장입니다. 시체는

발견 당시 오른손엔 심장을, 왼손엔 날카로운 흉기를 쥐고 있었으며, 가슴에 큰 자상을 입은 상태였습니다. 시체를 수습한 검찰의 말에 따르면 부검 결과 시체의 가슴 속에는 심장이 없었다고 합니다. 이에 시체가 쥐고 있던 심장이 본인의 것인지 확인 중이며, 만약 그럴 경우 이와 같은 사건이 발생한 원인과…….

아버지는 거기까지 듣고서 채널을 돌려 버렸다.

"쯧. 세상이 어찌 돌아가려는지, 원."

"이렇게 말하면 냉정할지 모르겠지만, 저는 그 시체가 심장 사냥꾼인가 뭔가 하는 범인이었으면 좋겠네요."

어머니가 눈살을 찌푸리며 말했다. 이에 아버지가 허허 웃으며 손사래를 쳤다.

"에헤이, 설마 그랬겠어? 제정신 아니고서야 어떻게 제 심장을 제가 꺼내겠어?"

"아빠, 사람 죽이고 심장만 꺼내갈 정도면 애초에 제정신이 아닌 거 아니야?"

지우의 말에 아버지는 가만 생각하다가 고개를 끄덕였다.

"듣고 보니, 그것도 그러네."

"무슨 짓을 해도 이상하지 않을 사이코패스잖아. 그치, 오빠?"

"응. 나도 그렇게 생각해."

"에이, 이렇든 저렇든 간에 하여간 세상이 미친 거야."

심장 사냥꾼 강태호에 대한 얘기는 거기까지였다.

아버지는 단칼에 대화 주제를 바꿔 버렸고, 우리는 더 이상 심장 사냥꾼에 대한 이야기를 꺼내지 않았다.

아무튼 이것으로 강태호의 엽기적인 행각은 끝이 났다.

하지만 세상에 강태호처럼 미친 녀석이 한두 놈일 리가 없다. 아버지의 말대로 세상은 갈수록 미쳐 가고 있었다. 불특정 다수가 늘 정신 나간 범죄자들의 범행 대상이 되어버렸다.

때문에 마음을 완전히 놓기에는 일렀다.

'아무래도 만약을 대비해야겠어.'

지구에 와서 처음으로 아티팩트를 만들어야 할 시기가 왔다.

난 아티팩트를 만들기에 좋은 물건이 뭐가 있을까 생각하며 기계적으로 밥을 먹었다. 그런데 그때, 아버지의 살짝 격앙된 목소리가 들렸다.

"어? 이야, 유리아가 아침 방송에 나오네?"

아버지의 말에 모든 가족들이 텔레비전을 바라봤다.

네모난 액정 속에서는 아침 방송에 나와 노래하고 춤추는 유리아의 모습이 송출되고 있었다.

"아빠도 유리아 알아?"

지우가 의외라는 듯 아버지에게 물었다.

"요즘 유리아 모르면 회사에서도 대화가 안 통한다. 남녀노소 누구나 예뻐하는 최초의 아이돌이 유리아라면서?"

"맞아! 와~ 우리 아빠가 신세대인 줄 알았는데 유리아가 대단한 거였구나. 혹시 엄마도 알아?"

"엄마 무시하지 마, 애. 유리아는 기본이고 남자아이돌 그룹도 몇 알아."

"정말? 진짜 짱이다!"

지우는 부모님과 이런 대화를 나눌 수 있다는 게 기분 좋은 모양이다.

그래서 난 세대와 나이를 초월해 같은 감성을 느끼게 해주는 유리아란 아이돌이 문득 대단해 보였다.

이전에는 관심도 없었는데, 조금 더 신경 써서 그녀를 보게 되었다.

유리아는 노래를 마치고 아침 방송 진행자와 대화를 나누고 있었다.

우리 가족 모두 그녀의 얘기에 귀를 기울이며 식사를 했다.

─그보다 유리아 씨, 근래에 가슴 아픈 일이 있었다구요?

─네.

─실례가 안 된다면 무슨 일이었는지 여쭤봐도 될까요?

─사실 얼마 전에 제 동생 때문에 많이 울었어요.

동생의 이야기를 꺼내는 유리아의 표정이 급격히 울적해졌다.

─저런! 동생이 왜요? 속을 썩였나요?

─아니오. 제 동생은 정말 착해서 한 번도 누나 속을 썩인

적이 없어요. 스스로 못된 행동을 하면 누나한테 피해가 간다고 생각하거든요.

　—동생이 몇 살이죠?

　—열 살이요.

　—와, 그 나이에 그런 생각하기 힘든데요.

　—네. 어디 가서 자기 누나가 저라고 얘기하지도 않아요.

　—속이 깊네요.

　—그렇죠. 그런데 얼마 전에 동생이 혼자서 먹자골목을 돌아다니다가 꼬치구이를 사 먹었대요. 그런데 계산하려고 보니까 돈이 없는 거예요. 어디서 잃어버린 모양인데 동생은 몰랐던 거죠.

　그 대목에서 난 밥을 먹다 말고 고개를 갸웃거렸다.

　민수도 얼마 전에 같은 일을 당했다. 지금 유리아가 하는 말이 민수가 겪었던 사건과 너무나도 흡사했다.

　진행자는 유리아에게 다음 이야기를 재촉했다.

　—그래서요?

　유리아가 선뜻 말을 못 꺼내고 망설였다. 목울대가 울렁이는 게 억지로 눈물을 참는 모양이었다.

　—그래서 그 꼬치가게 주인한테 손찌검을 당했어요.

　—아니, 어른이 어린아이한테 손찌검을 하다니요? 그러면 안 되는데. 같은 어른으로서 화가 나네요.

　—저도 그 얘기를 듣고 얼마나 화가 났는지 몰라요. 그래서

동생한테 다시는 혼자 돌아다니지 말라고 신신당부했어요.
제가 집에 자주 없으니까 동생이 혼자 있는 시간이 많거든요.

—그래서 동생한테 손찌검한 그 못된 가게 주인은 어찌 됐
답니까?

유리아가 기어코 흘러내린 눈물 한 방울을 슥 닦고서 말을
이었다.

—다행히도 근처를 지나가던 시민 분께서 끼어들어 그 꼬
치 가게 주인을 혼내줬대요.

—그래요?

—네. 그런데 고등학교 교복을 입고 있었대요. 다른 어른
들은 그냥 상황을 지켜보기만 했는데 그분이 용감하게 나서
서 제 동생을 도와준 거죠.

—와, 정말 멋진 학생이네요. 그럼 그분께 사례는 하셨나
요?

—아니오. 동생을 집까지 데려다 주더니 이름만 가르쳐 주
고 떠났대요.

—아무런 대가도 없이 선행을 베푼 거네요?

—그렇죠. 어떻게든 보답을 하고 싶은데, 연락처도 주소도
모르니 방도가 없더라구요.

—그럼 그 학생 분의 이름을 알고 계시나요?

—네. 두 분이셨는데, 한 분은 하정우, 또 다른 한 분은 정
오성이라고 했어요.

그 대목에서 가족들의 시선이 일제히 내게로 향했다.

"어, 엄마! 지금 들었어? 유리아가 하, 하정우라고 했지?"

"그, 그래, 정우야. 정오성이면 네 단짝 아니니?"

"뭐야? 지금 유리아가 말하는 그 정의의 학생이 우리 아들이야? 맞아?"

"오빠 이름만 불렀으면 동명이인이겠거니 하겠는데, 오성이 오빠 이름도 나왔잖아요. 오빠, 맞지? 그치?"

"……."

너무 한꺼번에 여러 가지 질문이 날아오니 정신이 없었다.

난 잠시 침묵을 지켰다. 가족들은 잔뜩 기대하는 눈빛으로 날 바라봤다.

"네, 맞아요."

결국 난 진실을 토로했다.

그런데 설마 나도 민수가 유리아의 동생일 줄은 몰랐다.

그러고 보니 민수를 집까지 데려다 주고서 돌아오던 길에 밴 한 대가 우리 옆을 지나갔었다.

그때 오성이는 유리아가 우리 동네로 이사 왔으면 좋겠다고 말했다.

난 그냥 실없는 소리로 치부하고 말았는데, 그게 현실이 된 모양이다.

"우와아! 대박 사건!"

"어머, 어머! 우리 아들, 유리아의 은인이 된 거니?"

"정우야, 사장님 아들이 그렇게 유리아 팬이라더라. 사인이라도 한 장 받아 오거라."

가족들은 내가 이미 유리아와 절친한 사이라도 된 듯 호들갑을 떨었다. 하지만 난 유리아와 엮일 생각이 조금도 없었다.

지구상에서 톱스타의 삶은 피곤하기 그지없다. 그렇다 보니 톱스타와 엮이는 주변 사람들까지도 몸살을 앓게 마련이다.

연예인들이 괜히 비밀 연애를 하고 다니겠는가?

"죄송한데요, 전 유리아랑 친분 쌓을 생각이 없어요."

"뭐어! 오빠, 제정신이야?"

내게 한 번도 화낸 적 없는 지우가 버럭 소리를 쳤다.

"정우야, 그러지 말고 다시 한 번 잘 생각해 보렴."

내가 무언가를 한다고 했을 때, 한 번도 다른 길을 제시하지 않으셨던 어머니가 노골적으로 선로를 변경시키려 하고 있다.

"이놈아! 남자가 그러면 안 되지!"

아버지는 여태껏 내게 남자에 대해서 왈가왈부하신 적이 없던 분이다.

화목하던 가족을 한순간에 분열시켜 놓다니.

유리아가 정말 대단하긴 대단한 모양이다.

텔레비전 속에서는 계속해서 진행자와 유리아가 대화를

나누고 있었다.

　—유리아 씨, 마지막으로 그분께 하시고 싶은 말이 있다면 해보세요.

　—하정우님, 정오성님, 그날 제 동생 도와주셔서 정말 감사해요. 말로만 이러는 것보다 직접 만나서 보답을 드리고 싶어요. 방송 보시면 꼭 연락주세요.

　—네~ 지금까지 유리아였습니다!

짝짝짝짝!

유리아는 방청객과 패널들의 박수를 받으며 활짝 미소 지었다. 그렇게 아침방송이 끝나고 광고가 흘러나왔다.

"오빠, 유리아가 꼭 연락 달래."

"그런데… 어떻게 연락을 한다니? 정우가 유리아 연락처를 아는 것도 아니고."

"여보, 유리아가 하는 말 못 들었어? 정우가 쟤 동생을 집까지 데려다 줬다잖아. 찾아가서 문 두들기면 되겠지."

"아, 그러네요."

아버지와 어머니는 연예인이 옆집 친구라도 되는 양 말씀하셨다. 하지만 그게 말이 쉽다. 유리아가 언제 집에 있을지도 모르는데 무턱대고 찾아가서 벨을 누를 순 없는 노릇이다.

만약 유리아가 정말 보답할 생각이 있었다면 더 확실한 수단을 가르쳐 줬을 것이다.

내가 보기엔 그저 가십거리 하나 만들려고 쇼를 한 것 이상도 이하도 아니었다.

물론 동생을 생각하는 마음만큼은 진심이라고 믿는다. 그러나 딱 그만큼이다.

"잘 먹었습니다."

난 더 시끄러워지기 전에 밥그릇을 비우고 일어섰다.

방으로 들어서는 내 뒤에서 안타까운 어머니의 목소리가 들려왔다.

"한 그릇 더 하고 가지 그러니?"

어머니, 저 지금 세 그릇 먹었습니다.

*　　　*　　　*

가족들과 오붓하게 보낸 하루가 저물고 밤이 되었다.

부모님도 지우도 모두 일찍 잠들었다. 그제야 난 하루 종일 생각했던 것을 실행에 옮겼다.

바로 일회용 아티팩트를 만드는 것이다.

이왕 만드는 거 반영구적인 아티팩트를 만들었으면 좋겠지만 아직 내 마력이 그 정도 수준에 다다르지 못했기에 어쩔 수 없었다.

지금부터 내가 만드는 아티팩트들은 우리 가족을 위기에서 지켜줄 것이다. 하지만 여기엔 작은 애로 사항이 하나 있었다. 가족들이 그 아티팩트를 항상 곁에 두고 다녀야 한다는 것이다.

때문에 난 가족들의 귀중품을 아티팩트화 시키기로 했다.

지우의 귀중품은 당연히 핸드폰이었다.

고등학교 소녀답게 항상 핸드폰을 손에서 떼놓고 다니는 법이 없었다. 깨어 있을 땐 물론이고 잠들 때도 핸드폰을 꼭 쥐고 자는 게 지우다. 심지어 샤워를 하러 들어갈 때도 핸드폰을 챙긴다.

부모님의 귀중품은 결혼반지다.

아직까지도 금슬이 좋아 잉꼬 부부 소리를 듣는 우리 부모님은 잠들 때와 샤워할 때를 빼놓고 늘 결혼반지를 끼고 다닌다.

그래서 난 밤사이 지우의 핸드폰과 부모님의 결혼반지를 몰래 내 방으로 가져왔다. 그리고 그 물건들에 각각 두 가지의 마법을 인챈트했다. 하나는 1서클 전격 마법 라이트닝이었고, 또 다른 하나는 2서클 감응 마법 이모션이었다.

만약 누군가가 우리 가족에게 생명의 위협을 가할 경우, 급격하게 불안정해진 정신을 아티팩트가 감응하고, 그 순간 위협을 가하는 대상에게 라이트닝 마법이 시전되는 시스템으로 만들어놓았다.

딱 한 번 사용하면 사라져 버리는 효과지만, 가족들을 위기에서 확실하게 구할 수 있으며, 이는 곧 가족의 목숨을 구하는 것과 직결되기도 한다.

가족들이 위기에서 벗어난 다음엔, 내가 다시 반지나 핸드폰을 아티팩트화 시키면 되는 일이다.

물론 가장 좋은 방법은 원인 제거, 즉 가족에게 위협을 가한 대상을 세상에서 없애 버리는 것이지만.

어찌 되었든 난 아티팩트화 시킨 물건들을 부모님과 지우의 방에 다시 돌려놓았다.

이제 누구든 우리 가족을 건드리면 큰일을 당할 것이다. 비로소 난 마음이 놓였고, 몇 시간이나마 눈을 붙일 수 있었다.

*　　*　　*

이틀 후.

뉴스에서는 심장을 쥔 채 죽어버린 시체를 사이코패스 살인마 심장 사냥꾼이라고 발표했다. 부검 결과 그의 손에 들린 심장이 바로 자신의 것임이 확인되었으며, 자살인지 타살인지 아직 정확히 밝혀낼 순 없었으나 시체의 신원을 확인하여 집을 조사해 보니 다른 사람의 심장이 냉동 보관되어 있었다는 사실이 밝혀졌다.

더불어 녀석이 먹자골목에서 꼬치 가게를 운영하던 사람이었다고 한다. 하지만 그가 심장을 왜 수집했는지에 대해서는 아직 정확하게 알아내지 못하고 있었다.

'그러고 보니 그때… 그 녀석은 내 살기에 겁먹지 않았

었지.'

당시엔 그저 담이 어지간히 큰가 보다 하고 생각했다.

하지만 그게 아니었다. 그 녀석도 사람을 많이 살해해 본 놈인지라 내가 내뿜는 살기에 대항할 수 있었던 것이다.

아무튼 이 사건은 일파만파 퍼져 나가 사회의 큰 이슈가 되었다.

심장 사냥꾼에 대한 이야기는 방학이 끝날 무렵까지 계속 회자되었다.

물론 난 세상이 뭐라고 떠들든 눈곱만큼도 관심을 두지 않고 그저 내 할 일만 해 나갔다.

그 결과, 개학식을 하루 앞둔 새벽엔 마법이 3서클의 경지에 올랐으며, 무적권은 3장을 완벽히 체득하게 되었다.

이제 전생과는 완전히 달라진 열아홉 살 인생의 하반기가 시작되려 하고 있었다.

the Archmage Returns

제6장
건드리지 말아야 할 것

개학식 날 아침.

어머니는 학교에 가는 내 손을 잡고 말했다.

"정우야, 건강하게 자라는 게 가장 중요하긴 하지만, 이제 공부에도 조금 신경을 써보면 안 될까?"

"공부요?"

"그래. 물론 고삼도 다 끝나가는 와중에 이런 부탁 하는 게 조금 웃기지만, 엄마는 정우의 갑자기 변해 버린 그 늠름한 모습을 보고서 희망이 생겼거든."

공부라…….

딱히 살아가면서 필요가 없을 것 같아 하지 않았던 것뿐이지, 일부러 배척해 버린 건 아니다.

게다가 지구에 환생한 지 한 달 동안은 마나사이펀을 하느라 바빴고.

이제는 마력도 오러도 어느 정도 괜찮은 경지에 올랐으니 학교에선 수업에 충실할 수도 있었다.

"알겠어요."

어머니께 대답하는 내 말투는 이제 완연히 부드러워져 있었다.

방학 기간 동안 내 말투를 고치느라 알게 모르게 무던히도 노력했다. 역시 노력은 배신하지 않는 법. 딱딱하고 오만했던 내 말투는 이제 온데간데없었다.

적어도 내 가족들과 내가 좋아하는 사람들을 대할 때는 말이다.

아무튼 어머니는 내 대답에 환한 표정을 지어 보였다.

"정말이니, 정우야?"

"네."

그러자 이번엔 어머니의 시선이 지우에게로 향했다.

슬금슬금 현관을 나서려던 지우를 어머니가 불러 세웠다.

"지우야."

지우는 뜨끔하더니 어색하게 웃으며 어머니를 바라봤다.

"어, 엄마. 헤헤."

"그림도 좋지만, 공부에 관심을 조금 더 쓰는 게……."

"아, 엄마! 나 오늘 주번이다! 먼저 갈게!"

공부하라는 얘기를 엄청나게 싫어하는 지우는 주번 핑계를 대고서 쌩하니 달아났다. 마침 모든 준비를 마치고서 현관으로 다가온 아버지가 그 모습을 보고 껄껄 웃었다.

"하하하! 저 녀석, 공부 싫어하는 건 당신이랑 똑같군."

"무슨 소리예요? 제가 공부를 얼마나 열심히 했는데."

"아, 그랬지. 열심히 했는데 성적이 안 올라서 고생이었지."

"이이도 참."

아버지와 어머니는 농을 주고받으며 현관을 나섰다. 나도 그 뒤를 따랐다.

집에서 나온 우리 가족은 서로 사회에서 맡은 일을 하기 위해 뿔뿔이 흩어졌다.

＊　　　＊　　　＊

학교에 도착하니 오성이는 스타가 되어 있었다.

벌써 아침 방송에 대한 소문이 퍼졌는지, 모든 아이들은 오성이의 주변에 모여들어 이런저런 질문들을 퍼붓고 있었다.

"야! 유리아가 말한 정오성이 너 맞지?"

"하정우는 우리 반 하정우고?"

"어떻게 된 거야? 진짜 유리아 동생을 구해준 거야? 그럼 유리아, 우리 동네 살아?"

"그, 그게……."

오성이는 처음으로 받아보는 아이들의 관심이 부담스러운지 더듬거리면서 제대로 대답을 못하고 있었다.

"좀 비켜줄래?"

내가 우글거리는 아이들 뒤에 서서 말했다.

그러자 아이들이 날 힐끔 보고서 자리를 터줬다.

내 자리에 앉으니 이번엔 나한테 질문이 쏟아졌다.

"정우야, 정말 유리아가 말한 게 너네 맞아?"

"유리아 동생은 어떻게 생겼어?"

"집은 어딘데?"

난 눈을 초롱초롱 빛내고 있는 아이들에게 간단히 대답했다.

"그거 우리 아니야."

"뭐?"

"우리 아니라고."

"거짓말하지 마!"

난 방금 거짓말하지 말라고 소리친 아이를 똑바로 바라보았다. 그리고 한 단어 한 단어를 또박또박 힘주어 내뱉었다.

"우리 아니라고 말했다."

내 서늘한 목소리에 아이들은 꿀 먹은 벙어리가 되었다. 그리고 하나둘 흩어져 자기 자리로 돌아갔다.

녀석들은 뭐가 그렇게 억울한지 저희들끼리 귓속말로 수군거렸다.

"뭐야? 아니면 아닌 거지 왜 저렇게 딱딱해?"

"비실거리면서 잉여인간처럼 행동할 때도 재수없었는데 지금도 재수없어."

딴에는 자기들끼리만 나누는 밀담이었겠으나 난 육신이 발달하며 오감도 발달한 상태라 그들의 이야기가 모두 들렸다.

하지만 그런 것 가지고 발끈하진 않았다. 주변에서 나더러 뭐라 말하든 크게 상관없었다.

부처가 그런 말을 했다.

누군가 내게 황금을 건넸는데 받지 않으면 그 황금은 도로 그 사람 것이라고.

내게로 향하는 흉이나 독설, 욕도 마찬가지다.

내가 받지 않으면 그것은 고스란히 자기 자신에게 돌아간다.

"정우야, 왜 아니라고 그랬어?"

"맞다고 하면 귀찮아지잖아. 유리아의 집에 한번 데려가 달라느니 만나게 해달라느니 하루 종일 매달려서 사정할 텐데."

"아. 그렇구나."

오성이는 차마 거기까진 생각하지 못했던 모양이다.

"그러니까 너도 괜히 애들한테 입방정 떨지 마."

"알았어. 안 그럴게."

오성이는 대답을 하고서는 평소답지 않게 침묵을 지켰다. 혹시 내 말투가 또 녀석을 주눅 들게 했나 싶어 조금 전의 대화를 되뇌어봤지만 특별할 건 없었다.

'그렇게 간단한 이유가 아니야.'

오성이를 조금 더 관찰해 보니 깊은 수심이 드리워져 있었다.

"오성아."

"으, 응?"

혼자만의 생각에 빠져 있던 오성이가 내 부름에 살짝 놀라 고개를 돌렸다.

"너 무슨 일 있지?"

"……."

오성이는 선뜻 대답하지 못했다.

"무슨 일인데? 말해봐."

"정우야……."

오성이의 눈에 눈물이 맺혔다. 녀석은 대뜸 내 손을 잡더니 끅끅거리며 말했다.

"나 어떡하지? 우리 아빠 어떡하지?"

"아버지? 아버지가 왜?"

"아버지가 다치셨어."

"어쩌다가?"

"끄흑! 퍽치기를 당하셨어."

"퍽치기?"

"응. 요즘 우리 동네에서 극성을 부리는 그놈들한테 당한 것 같대."

퍽치기.

돈이 있어 보이는 사람의 뒤를 따라가다가 흉기로 머리를 쳐서 기절시키거나 무작정 두들겨 팬 다음 금품을 빼앗는 못된 종자들이다. 중요한 건 퍽치기를 당한 사람들이 종종 죽어나간다는 것이다.

여름방학 동안 뉴스에서는 요즘 들어 부쩍 늘어난 춘천 지역의 퍽치기 사건에 대해 시끄럽게 떠들어댔었다.

근 한 달 동안 총 여섯 건의 사건이 발생했는데, 범행 수법이 똑같고 비싼 양복을 입은 남성들만 노리는 것을 보아 동일범의 수행일 가능성이 높다고 했다.

범인들은 무거운 쇠구슬 같은 흉기로 사람의 머리를 친 다음 금품을 훔친다고 보도되었다.

게다가 CCTV가 없는 장소에서만 범행을 저질렀기에 아직 어떠한 단서도 얻지 못하고 있는 정황이며, 목격자가 한 명 있긴 했지만 모자 같은 것으로 얼굴을 가려 확실한 몽타주를 뽑기 어렵다고 들었다.

"그래서? 아버지는 어떠신데?"

제발 최악의 상황이 아니기를 바라며 물었다. 오성이는 눈물을 닦더니 최대한 자신을 추스르고서 대답했다.

"입원해 계셔. 머리를 다쳤는데… 상황이 조금 심각한 것 같아. 며칠째 정신을 차리지 못하고 있어."

오성이는 겨우 참았던 눈물을 다시 흘렸다.

난 그런 오성이를 말없이 바라보다가 어깨에 손을 지그시 올렸다.

"오성아."

"흐윽! 끅!"

오성이는 대답도 할 수 없을 만큼 심하게 끅끅댔다.

"내가 아버지 뵈러 문병을 꼭 가고 싶은데, 이번 주 주말에 괜찮겠니?"

"흐으윽! 으, 응! 끄흑! 괘, 괜찮아! 어흑!"

"너무 걱정하지 마. 아버지, 분명히 다시 눈 뜨실 테니까."

"크흐윽! 흐으으으윽!"

오성이의 울음소리가 점점 더 커졌다.

교실에 있던 모든 아이들의 시선이 저절로 오성이에게 집중되었다. 난 오성이가 주변 시선 신경 안 쓰고 마음껏 울 수 있도록 투기(鬪技)를 발산했다.

투기는 살기와는 다른 기운으로 싸움을 할 때 뻗어나오는 기다. 이른바 사람들이 기 싸움을 한다고 할 때 자기도 모르게 이 투기를 내뿜는다.

그리고 여기서 밀린 사람은 백 퍼센트 지고 만다.

투기에서 밀리면 곁에 다가서는 겉은 물론이요, 눈을 마주치는 것조차 힘들어진다.

지금 여기서 내 투기를 받아낼 수 있는 사람은 아무도 없다. 그게 당연한 얘기다. 오성이와 내게 향해 있던 아이들의 시선이 모두 다른 곳으로 흩어졌다.

난 오성이의 등을 천천히 두들겨 주었다.

그때 뒷문에서 시끄러운 목소리가 들려왔다.

"야~ 얼마만의 교실이냐?"

"이 지긋지긋한 곳도 조금만 있으면 안녕이다!"

"태광아! 개학 기념으로 담배나 한 대 피고 올까?"

태광이 패거리였다.

녀석들은 저희들끼리 신나서 떠들어대다가 나와 오성이를 발견하고서 다가오려 했다.

"야~ 오래간만이다, 정우? 그런데 너 오성이랑 사귀냐? 지금 사내새끼 둘이서 무슨……."

순간 속에서 열이 확 올라왔다.

난 오성이의 책상 위에 있던 샤프를 들어 그대로 던졌다.

쐐애애액! 하며 날아간 샤프가 태광이의 뺨을 스치고 나무로 만들어진 두꺼운 알림판에 반 가까이 틀어박혔다.

태광이는 물론이고 양옆에 서 있던 진우와 재철이까지 그대로 굳어버렸다.

난 모든 투기를 태광이 패거리에게 쏘아 보냈다.

세 놈의 다리가 파들거리며 떨리는 게 보였다.

"앞으로는 분위기 봐가면서 까불어라. 다음번에 한 번 더 똑같은 실수 하면 방금 던진 게 네 목에 박힐 거다."

꿀꺽!

세 놈의 목에서 마른침 삼키는 소리가 들렸다.

태광이는 뺨에서 흐르는 피도 닦지 못하고 눈만 데굴데굴 굴렸다.

"꺼져. 그리고 오늘은 내 앞에 나타나지 마라. 당장에라도 목을 비틀어 버리고 싶은 거 참는 중이니까."

내가 투기를 거두어들이자마자 태광이 패거리는 부리나케 교실 밖으로 달려나갔다.

이후부터는 굳이 투기를 발산하지 않아도 아이들은 우리를 바라보지 않았다.

오성이는 책상에 얼굴을 묻고 한참 동안 울어댔다.

*   *   *

오성이는 일 교시가 시작되기 전 겨우 울음을 그쳤다.

난 오성이가 심히 걱정되었지만, 걱정만 한다고 변하는 건 없다. 그 시간에 차라리 생산적인 일을 하는 것이 낫다. 걱정이라는 것은 사람이 무능할수록 많아지는 법이다.

유능하면 걱정거리를 해소해 버리면 된다.

그리고 내겐 그럴 능력이 있다. 오성이 아버지의 상태가 생각 이상으로 심각하지만 않다면 충분히 좋은 상황으로 만들 수 있을 것이다.

난 오성이 아버지에 대한 생각을 거기서 접었다.

오늘은 공부를 하겠다고 마음먹은 만큼 육 교시가 끝날 때까지 열심히 수업에 집중할 생각이었다.

마나사이편은 쉬는 시간과 점심시간에만 했다.

시간은 빠르게 흘러 육 교시가 끝났다. 그런데 결과적으로 알아들을 수 있는 것이 거의 없었다. 기초 지식이 전무하기 때문이다.

"오성아."

정규 수업을 마치자마자 책상에 엎드려 잠들어 버린 오성이를 깨웠다.

"으… 응?"

오성이가 눈을 비비며 일어났다.

아침에 실컷 울고서 한숨 자고 나더니 한결 괜찮아진 표정이다.

"깨워서 미안한데, 뭣 좀 물어보자."

"뭘?"

"혹시 너희 집에 고등학교 1학년 교과서부터 3학년 교과서까지 전부 있어? 중학교 교과서도 있으면 더 좋고."

"아니… 없는데."

"그렇구나. 알았어."

"근데 갑자기 그건 왜?"

"공부 좀 해볼까 하고."

내 말에 오성이의 눈이 휘둥그레졌다.

"네가 공부를?"

"응."

"하지만 너무 늦었는데? 이미 내신도 엉망이잖아. 이제 와서 공부한다고 해도 대학 가긴 힘들걸? 아니, 그보다 수능이 몇 달 남지도 않았는데 고삼 과정을 어떻게 다 공부하려고?"

역시 사람이란 존재는 회복이 빠르다. 아니, 감정의 전환이 빠르다고 해야 하나? 아니면 망각의 축복을 받았다는 게 맞을까? 그것도 아니라면 단지 자신에게 주어진 상황에 갈수록 익숙해지고 있는 것일지도 모른다.

오성이는 언제 자기 아버지 일로 대성통곡했었냐는 듯 날 걱정했다. 난 그런 오성이에게 고개를 저어 보였다.

"해보지도 않고 약한 소리 하면 안 돼."

"그건 그렇지만……."

그때 어느새 우리 곁으로 다가온 예슬이가 대화에 끼어들었다.

"정우야, 너 방금 한 말 진심이야?"

또다시 예슬이의 오지랖이 발동된 모양이다. 난 고개를 간단히 끄덕였다.

"진짜 진짜 진심이야?"

"난 허튼소리는 하지 않아."

"흠… 좋아. 그럼 내가 중학교 교과서부터 고등학교 교과서까지 모두 구해다 줄게."

"가능해?"

"내가 누구 딸인지 잊었어?"

그러고 보니 예슬이 아버지는 정상고등학교 이사장이다.

고등학교 1학년부터 3학년까지의 모든 교과서를 구하는 것쯤 일도 아니겠지.

"그러네. 고맙게 받을게."

"대신 조건이 있어. 어렵게 교과서를 구해다 줬는데 공부하겠다는 결심이 작심삼일로 끝나 버리면 안 되니까 일주일에 한 번씩 나한테 테스트 받을 것."

그 소리에 난 픽 웃고 말았다.

예슬이의 속내가 뻔히 보였기 때문이다.

그녀가 교과서를 구해오는 건 전혀 어렵지 않은 일이다. 그런데 어렵게 구해왔다며 저런 조건을 내걸다니.

그런 식으로라도 나와의 접점을 만들려 하는 수작이 너무나 쉽게 드러났다. 하지만 오성이는 과연 그럴듯하다는 표정으로 고개를 끄덕이고 있었다.

난 이번엔 모른 척 속아주기로 했다.

"그렇게 하자."

"오케이. 내일 당장 교과서 구해다 줄게."

예슬이는 방긋 웃더니 자기 자리로 돌아갔다.

*　　*　　*

야자를 끝내고 집으로 돌아오는 길.

오성이와 함께 시원한 밤바람을 맞으며 어두운 동네 골목을 거닐었다.

이렇게 둘이 하교할 때면 오성이는 항상 내 옆에서 주절주절 떠들었고 난 듣기만 했다. 하지만 오늘은 조용했다. 아버지의 일이 계속 마음을 무겁게 만드는 모양이다.

서로 오고가는 대화 없이 길을 걸었다.

그런데 고약한 알코올 냄새를 풍기는 중년 사내가 맞은편에서 비틀거리며 다가왔다.

뭐가 그리 기분이 좋은지 콧노래까지 흥얼거렸다.

나만 바라보고 걷던 오성이가 그 중년 사내와 부딪힐 뻔했다. 난 오성이의 어깨를 잡아끌었다.

중년 사내는 오성이를 아슬아슬하게 비껴갔다. 오성이가 뒤를 돌아보더니 한숨 쉬었다.

"에휴, 요즘 세상이 얼마나 무서운데. 저러다 변이라도 당하면 어쩌려고."

오성이는 취객의 모습에서 자신의 아버지가 보인 모양이다.

우리는 다시 갈 길을 갔다. 이번엔 후드와 야구모자를 눌러 쓴 사내 두 명이 우리 곁을 지나쳐 갔다.

한데 녀석들에게서 미미한 살기가 느껴졌다.

난 그 자리에 멈춰 서서 뒤를 돌아보았다.

우리를 먼저 스쳐 지나간 중년 사내가 오른쪽 골목으로 꺾어 들어갔다. 그러자 얼굴을 가린 두 사내도 주변을 슬쩍 살피더니 골목으로 사라졌다.

"오성아."

"응?"

"먼저 들어갈래?"

"왜?"

"나 잠시 들를 데가 있어서."

"이 밤중에?"

"어서 들어가. 내일 학교에서 보자."

오성이는 궁금한 표정이었지만 이것저것 물어보지 않고 고개를 끄덕였다.

"알았어. 내일 봐, 정우야."

난 오성이의 인사도 제대로 받지 않고서 지금껏 걸어왔던 반대 방향으로 몸을 틀었다. 그리고 달렸다.

생각해 보면 내가 정의의 사도도 아니고 지구를 구하겠다는 사명감을 가진 영웅도 아니다. 하지만 눈앞에서 살기를 내뿜고 지나갔는데, 그냥 모른 척할 수는 없었다.

그리고 녀석들이 혹시 오성이의 아버지를 그렇게 만든 퍽치기일지도 몰랐다. 그런 느낌이 강하게 왔다.

세 사람이 들어선 골목이 가까워질수록 살기가 점점 더 짙어졌다.

위험할 수도 있겠다 싶어 헤이스트 마법을 시전한 뒤 신형을 바람처럼 빠르게 움직였다.

순식간에 주변 광경이 훅훅 지나가는가 싶더니 어느새 골목 안으로 들어서게 되었다.

골목 안은 어두웠다.

가로등도 하나 없어 아스라한 달빛만이 힘겹게 골목을 비추고 있었다.

하지만 무적권을 수련하며 오감이 발달된 내 눈엔 어둠 따위는 아무런 장애도 되지 않았다. 밝은 대낮처럼 모든 것이 확연하게 들어왔다.

중년 사내는 여전히 비틀거리고 있었는데, 그 뒤를 따르던 두 사내 중 야구모자를 쓴 놈이 품 안에서 쇠구슬을 꺼내 스타킹에 넣고 빙빙 돌려댔다.

'퍽치기!'

역시 퍽치기들이었다.

모자로 얼굴을 가린 것에서부터 무거운 쇠구슬을 흉기로

사용하는 것, 그리고 비싼 양복을 입은 사내를 타깃으로 삼는 것까지.

모든 것이 보도 자료와 들어맞는다. 더불어 몸에서 진득한 살기를 내뿜는 것으로 보아 이미 사람을 죽여본 놈들이다.

애초부터 머리를 제대로 쳐서 뻗게 만든 다음 돈을 가져갈 생각으로 중년 사내를 노리고 있었다. 그로 인해 피해자가 죽든 말든 상관없다는 행태였다.

쉬이익!

야구모자를 쓴 놈이 쇠구슬을 던졌다. 그 순간 중년 사내가 반사적으로 뒤를 돌아보았다. 쇠구슬은 그런 사내의 이마를 정통으로 노렸다.

쐐애애액!

저대로 두면 쇠구슬에 이마가 부서져 전두엽이 으깨질 게 확실했다.

"매직 실드."

난 1서클 방어 마법 매직 실드를 시전했다.

그러자 사내의 이마 앞에 얇은 무형의 막이 생겨났다. 쏜살같이 날아간 쇠구슬은 매직 실드와 부딪쳤다.

땅!

그리고 아래로 뚝 떨어졌는데, 재수없게도 중년 사내의 발이 쇠구슬에 깔렸다.

픽!

"아악!"

중년 사내는 비명을 지르며 펄떡펄떡 뛰기 시작했다.

이미 머리가 깨져서 쓰러졌어야 할 대상이 되레 발을 잡고 더 난리부르스를 쳐 대니 두 사내는 당황해서 주변을 둘러보았다.

그러다 놈들은 나를 발견했다.

"씨팔!"

후드를 뒤집어쓴 놈이 욕지기를 내뱉으며 품에서 칼을 꺼냈다.

그리고 내게 달려들었다.

아무래도 목격자를 없애 버리려는 모양이다. 하지만 상대를 잘못 골랐다.

내 지척까지 다가온 후드 녀석의 칼이 복부를 노리며 찔러 들어왔다. 난 몸을 옆으로 살짝 틀어 그것을 피했다. 그리고 놈의 팔목을 잡아챘다.

"큭!"

녀석은 잡힌 팔을 빼내려 했지만, 무적권을 익힌 내 힘을 당할 수는 없었다.

제 뜻대로 행동이 이어지지 않자, 녀석은 또다시 공격을 택했다. 자유로운 반대쪽 손을 말아 쥐고서 내 뺨을 향해 휘둘렀다.

하나, 그 순간 녀석의 손목을 잡고 있던 내 아귀에 힘이 들

어갔고,

우두둑!

"아아악!"

후드 녀석의 손목은 아작이 났다.

내게로 휘둘러지던 놈의 주먹이 황급히 회수되었다. 녀석
은 자신의 손목을 잡고 있던 내 손을 뜯어내려고 안간힘을 썼
다.

"놓아줄까?"

내 물음에 녀석이 발악했다.

"놔! 놓으라고!"

"소원대로 해주마."

난 녀석의 팔목을 휙 터는 것과 동시에 손아귀의 힘을 풀었
다. 그러자 허공으로 붕 뜬 녀석의 몸이 뒤에 서 있던 야구모
자 녀석에게 날아가 부딪쳤다.

퍼퍽!

"악!"

"컥!"

퍽치기 두 놈은 한 덩어리가 되어 바닥을 굴렀다.

난 얼른 다시 일어나려는 그놈 앞으로 빠르게 다가갔다. 그
리고 오른발로 야구모자의 정강이를 밟았다.

콰득!

"으아악!"

뼈가 부러지는 느낌이 발끝에 확실히 와 닿았다.

이번엔 후드의 허벅지를 걷어찼다.

와직!

"끄어억!"

무적권을 3장까지 익히면서 얻게 된 힘을 최대한 실었더니 허벅지가 뒤틀리며 부러진 뼛조각이 살 밖으로 튀어나왔다.

"아아, 아아악!"

후드가 허벅지를 움켜쥐고 악을 써댔다.

"이, 이 무슨……!"

취해 있던 중년인은 지금 이 상황이 믿기지 않는지 계속 눈을 비벼댔다.

"내, 내가 너무 취했나?"

난 중년인이 더 험한 광경을 보기 전에 수면 마법을 시전했다.

"슬립."

중년인이 그대로 쓰러져 잠에 빠져들었다.

퍽치기들은 똑같이 다리 한쪽이 망가져 끙끙대고 있었다. 좀 더 심하게 다친 건 후드를 뒤집어쓴 놈 쪽이었다.

난 녀석들 앞에 웅크려 앉았다.

"잘 들어라."

내 입에서 서슬 퍼런 목소리가 흘러나오자 퍽치기 두 놈이 약속이라도 한 듯 똑같이 이를 딱딱거리며 부딪쳤다.

"난 너희들을 용서할 생각이 없다. 자비를 베풀 생각도 없다. 네놈들은 내 친구의 아버지를 건드렸다. 그것은 곧 날 건드린 것과 마찬가지다. 그래서 난."

오른손을 뻗어 후드 녀석의 왼쪽 가슴 아래로 찔러 넣었다.

푸욱!

손쉽게 옷과 살가죽이 찢어지며 내 손이 녀석의 갈비뼈 사이로 깊숙이 들어갔다.

"끄어어……."

녀석은 사무치는 고통에 비명도 제대로 지르지 못했다.

"너희들에게."

이번엔 왼손을 뻗어 야구모자의 오른팔을 잡았다. 그 상태로 힘을 주니 엿가락 부러지듯 팔이 휘었다.

빠각!

"크악!"

야구모자의 비명을 들은 체도 않고 내가 하려던 말을 마무리 지었다.

"똑같은 고통을 줄 것이다."

순간 퍽치기들의 얼굴이 하얗게 질렸다.

난 후드의 갈비뼈를 쥔 손은 끌어당기고 야구모자의 오른팔을 쥔 손은 한 바퀴를 돌렸다.

쩌적!

빠드득!

후드의 옷가지를 뚫고 피와 살점이 묻은 갈비뼈 한 대가 떨어져 나왔다.

야구모자의 오른팔은 엉망으로 부러져 뼈가 살 밖으로 튀어나와 버렸다.

고통을 견디다 못해 기절하려는 녀석들에게 각성 마법을 시전했다.

"웨이크 업."

동시에 3서클 공간 차단 마법도 시전했다.

"블락 스페이스."

나와 펵치기들, 그리고 중년인의 주변에 작은 결계가 생겨났다. 이제 결계 밖의 사람들은 결계 안의 모습을 볼 수 없고 소리도 들을 수 없다.

멀리서 보면 그저 아무것도 없는 골목처럼 비추어질 뿐이다.

"사, 살려주세요!"

"그, 그만! 그만하라고!"

펵치기들은 거의 공황 상태에 빠져 반 미쳐 있었다.

"내가 말했지. 용서해 줄 생각도, 자비를 베풀 생각도 없다고. 너희들이 깊은 원한에 사무쳐 누군가를 죽였다고 한다면 난 이해할 수도 있다. 하지만 아무런 관계도 없는 무고한 사람들을 계속해서 죽이거나 불구로 만들어온 게 네놈들이다. 게다가 그중 한 명은 내 친구의 아버지지. 그러니 더욱 고통

받다 죽어라."

말을 끝내며 양 손바닥을 쫙 펴서 두 놈의 머리 위에 얹었다. 그대로 두개골을 짓뭉개 버릴 생각이었다.

쫘드득.

손가락에 힘이 들어갔다.

그러자 녀석들의 얼굴이 하얗게 질렸다. 얼굴이 참혹하게 일그러졌고 입에서는 침이 흘러내렸다.

"이, 이이… 이럴 순 없… 어! 이럴 순 없다고오! 아, 아직 돈을 받지도 못했는데……!"

그 순간, 손에서 힘이 쭉 빠졌다.

돈? 돈이라면 녀석들이 퍽치기를 일삼은 대상에게서 충분히 취할 수 있었을 것이다. 그런데 돈을 받지 못했다는 건 이상한 말이다.

"방금 뭐라 그랬지? 돈이라 그랬나?"

내 물음에 퍽치기들의 얼굴에 일말의 기대감이 어렸다. 녀석들은 내가 묻는 질문에 대답하면 살려줄 것이라 생각한 모양이었다.

"그, 그래! 그, 그렇게 말했어!"

"자세히 얘기해라. 아직 돈을 받지 못했다는 게 무슨 말이냐?"

퍽치기들은 서로 시선을 교환한 뒤 주거니 받거니 말을 하기 시작했다.

"어, 얼마 전에……."

"이 병신아, 두 달 전에 그랬거든!"

"알아, 나도! 두 달 전에, 그… 이, 이상한 사람이 나타나서는……."

"피, 피부가 유난히 붉은 빛을 많이 띠는 사람이었거든. 그, 그치?"

"그, 그렇지! 키, 키도 엄청 컸고. 아무튼 그 사람이 우리한테 돈을 많이 벌고 싶지 않느냐고 물었어!"

"제발 설명 좀 똑바로 해, 병신아! 그전에 이야기 하나가 빠졌거든!"

"아, 마, 맞다! 그, 그러니까 우리가 빚이 좀 있었어! 사, 사채를 좀 썼는데, 그게 빚이 눈덩이처럼 불어났다고! 그, 그래서 조폭들한테 피떡이 되도록 얻어맞았어! 그, 그런데 그때 그 사람이 나타난 거야!"

"그리고 우, 우리한테 말했어! 도, 돈을 많이 벌고 싶느냐고!"

펵치기들은 어디서 그런 힘이 났는지 신기할 정도로 빠르게 말을 해 나갔다.

당장에라도 죽을 줄 알았는데, 살지도 모른다는 희망이 뒤틀어진 사지와 뻥 뚫린 옆구리의 고통도 잊게 만든 모양이었다.

"그때 우리가 갖고 싶다고 그랬거든. 도, 돈 한 푼이 간절했으니까."

"맞아. 그랬더니 당장 눈앞에 현금으로 오백만 원을 던져 줬어! 그, 그리고 우, 우리 실력을 테스트해 보겠다면서 퍼, 퍽치기 일을 가르쳐 줬어! 두, 두 달 동안 열 명의 사람을 퍽 치기 해서 그때까지도 경찰에 잡히지 않는다면 자기 조직의 일원으로 받아들여 평생 돈 걱정 없이 살게 해준다고!"

"그게 어떤 조직이지?"

"모, 몰라! 그냥 두 달 뒤에 다시 우리 앞에 나타날 거라 말 하고서는 사라졌어! 씨팔, 저 사람이 열 번째고 이제 곧 두 달 이 다 되어갔는데……."

후드 녀석의 얼굴엔 억울함이 가득 담겨 있었다. 그에 화가 머리끝까지 솟구쳤다.

"억울한가? 다른 사람들의 생명을 빼앗고, 그 가족의 행복 을 짓밟아놨으면서 지금 이렇게 된 것이 억울한가?"

"어, 어차피 우리도 돈을 제대로 갚지 못하면 죽을 판이었 어! 사람이란 게 다 자기 목숨이 가장 소중한 것 아니냐고! 우 리도 우리가 살려고 그런 것뿐이야!"

강태호가 내게 했던 말과 비슷한 논리다.

그래, 사람은 누구나 자기 목숨이 가장 소중한 법이다. 하 지만 그렇다고 다른 사람의 목숨을 앗아가면서까지 살려고 드는 건 잘못된 일이다.

게다가 그 대상 중 한 명이 내 친구의 아버지다. 녀석들은 건드려선 안 될 것을 건드려 버렸다.

"너희들한테 돈을 주겠다고 말한 인간은 누구지?"

"몰라. 정말로 몰라. 이름이 뭔지도, 어디 사는 인간인지도, 심지어 토종 한국 놈인지도 모르겠어!"

"한국말이 어설픈 건 아닌데, 아까도 말했듯이 피, 피부가 붉었거든!"

도대체 어떤 인간이 무슨 목적으로 이런 범죄자들을 만들어내는 것인지 모르겠지만, 단순하게만 볼 문제가 아니다. 그놈은 분명한 악의를 가지고서 어떤 일을 꾸미는 중이다. 이 녀석들을 살려놓으면 언젠가 그놈을 만나게 될 수도 있을까?

잠시 생각하던 난 고개를 저었다.

가능성은 희박하다.

녀석은 자신의 정체도 밝히지 않았고, 언제 다시 찾아오겠다는 것 역시 확실히 명시하지 않았다.

그건 찾아올 생각이 없다는 말과도 같았다.

아직은 그놈이 꾸미는 일에 대해서 큰 그림을 그리기가 힘들었다. 그렇다면 퍽치기들을 살려둘 이유가 없었다. 그러나 이렇게 죽이기엔 녀석들이 내 친구의 아버지를 건드린 죗값이 너무 컸다.

죽음의 공포는 순간이다. 그게 끝나면 내 경험상 윤회의 삶을 살아가게 된다.

내가 녀석들에게 줄 수 있는 벌은 최대한 고통 받으며 남은

생을 살아가게 만드는 것이다.

"마지막으로 한 가지 물어볼 게 있다. 너희들은 항상 비싼 옷을 걸친 사람들만을 범행 대상으로 삼았다. 그런데 내 친구의 아버지는 결코 상류층의 인생을 살아가는 분이 아니었다. 한데 왜 범행 대상으로 삼은 거냐?"

퍽치기들이 서로 시선을 주고받다가 무언가 떠오른 듯 재빨리 대답했다.

"펴, 편의점에서 나오던 그 사람 말하는 것 같은데?"

"마, 맞아! 크, 큰돈을 인출해서 나오던 사람이었어! 그, 그 사람이 네 친구의 아버지라고? 그, 그럼 그때 가져간 돈은 다 돌려줄게! 얼마든지 돌려줄게! 두 배, 세 배로 갚으라고 하면 그렇게 할게!"

내 입매가 비틀어졌다.

"어떻게 갚으려고?"

"이, 이제 곧 우리를 만나러 온다던 그 사람이 찾아올 테니까 그때 돈을 받아서……!"

더 이상 들을 가치도 없었다.

난 퍽치기들의 사지를 모조리 비틀어 부러뜨렸다.

빠각! 뿌드득!

"아악!"

"끄아악!"

뼈를 가루가 되도록 짓밟아 분지른 뒤, 양손에 마나를 실어

머리를 툭 쳤다.

퍼퍽!

녀석들의 머리가 심하게 흔들렸고, 곧 정신을 잃었다.

내 손이 머리를 치는 순간 마나를 방출해 뇌를 건드렸다. 마나는 놈들의 뇌 세포 중 일부를 죽여 버렸다.

마나를 방출해 뇌에 타격을 주는 것은 내가 이즈멜로 살아가던 시절 하늘 높은 줄 모르고 내 목숨을 취하려 했던 녀석들에게 사용하려고 만들어낸 고문법이었다.

뇌가 다쳐 정상적인 삶을 살아갈 수 없다면 그것 자체로 평생 고문이 될 테니까.

보통의 마법사들은 마나를 다른 속성으로 변환시켜 마법을 시전하는 것 이외의 사용법을 모른다.

하지만 마나 친화력이 높으면 마나를 그 자체만으로 사용할 수 있었다. 마치 오러처럼 말이다. 오러와 다른 점이라면 마나는 세포 자체를 죽인다는 것이다. 오러는 그런 것 없이 무작정 살을 찢고 뼈를 부순다.

만약 내가 오러를 실어 머리를 가격했다면, 수박 터지듯 그대로 터져 나갔을 것이다.

"이놈들은 정리했으니……."

퍽치기들과 조금 떨어진 곳에 잠들어 있는 중년인을 어찌할까 고민했다.

그대로 둬도 상관은 없었다.

하지만 이왕 그를 도와준 입장이 된 것, 마무리를 확실히 짓는 게 나을 것 같았다.

난 중년인을 들쳐 업고 골목 입구까지 걸어가 멈췄다. 주변을 둘러보니 인근에 지나가는 사람은 없었다. 골목에서 큰 사건이 났는데 괜히 내가 나오는 것을 누군가 목격해 버리면 시끄러워질 수도 있었다.

사람이 없을 때 빠르게 걸음을 놀려 그곳을 벗어난 뒤 근처 공원으로 향했다.

the Archmage Returns

제7장
원수는 외나무다리에서

"웨이크 업."

공원 벤치에 중년인을 눕히고서 웨이크 업 마법을 시전했다.

중년인은 서서히 정신을 차리더니 두 손으로 머리를 움켜쥐고 괴로워했다.

"으으."

웨이크 업 마법에 잠과 함께 술기운도 강제로 날아가면서 알코올로 인한 두통이 찾아온 모양이다.

중년인의 시선이 천천히 주변을 살피다가 내게 고정되었다.

그는 기이한 눈으로 날 바라보더니 뭔가 떠오른 듯 손뼉을 쳤다.

"아! 아까 골목에서… 큭."

뭔가 말을 하려다 다시 머리를 움켜쥐고 괴로워하는 중년인.

난 그런 중년인에게 물었다.

"술도 깬 것 같으니 충분히 집에 돌아가실 수 있겠지요?"

"그래, 그래요. 머리 아픈 것만 가라앉으면 충분히. 여기서 조금만 쉬었다 가면 될 것 같아요. 그런데 내가 어떻게 된 겁니까?"

중년인은 내가 입고 있는 교복을 보고서도 함부로 하대를 하지 않았다. 그 태도는 조금 마음에 들었다.

"퍽치기를 당할 뻔했습니다."

"퍼, 퍽치기요?"

"불시에 사람을 기습해서 돈을 훔쳐 가는 악질들이죠."

"이런… 정말 큰일 날 뻔했군요."

중년인은 간담이 서늘한지 한 손으로 가슴을 쓸어내렸다. 자신이 죽을 수도 있었겠단 생각이 드는 모양이다.

"그럼 그쪽 분께서 날 살려줬단 말이 되겠군요."

"그렇습니다."

난 있는 사실 그대로를 말했다.

"그럼 그 퍽치기들은 어찌 되었습니까? 그… 쇠구슬이 날

아오다가 갑자기 아래로 뚝 떨어지더니 내 발등을 찍은 것까지는 기억이 나는데… 그다음엔 뭐가 뭔지 도저히…….”

이번에도 있는 사실 그대로를 말하기로 했다.

“내가 제압했습니다. 둘 다 사지를 비틀어 버리고 뇌 기능 일부를 마비시켰습니다.”

“……”

중년인은 거침없는 내 말에 당황해서 입을 쩍 벌렸다.

“그, 그게 정말입니까?”

“난 허튼소리를 하지 않습니다.”

중년인의 얼굴이 기묘하게 일그러졌다. 웃어야 할지 울어야 할지 모르겠다는 표정이다. 하지만 그는 곧 시린 미소를 머금고서 고개를 끄덕였다.

“잘하셨습니다. 애꿎은 사람들 괴롭히는 그런 개 같은 새끼들은 인권이고 뭐고 아주 죽여놔야 합니다.”

그 말은 참 마음에 들었다.

“나와 같은 사상을 가지고 계시는군요.”

“네. 저는 늘 한결같이 그렇게 생각하고 살아온 사람입니다. 한데…….”

중년인의 미소가 갑자기 씁쓸하게 변했다.

“자식 농사를 망쳐서 고민이 많습니다. 그 후레자식이 점점 더 제가 싫어하는 모습으로 커가더군요. 이게 다 제 와이프가 오냐오냐 키워서 그런 거겠지요.”

"맞습니다. 자식 농사 망치는 것만큼 가슴 아프고 골치 아 픈 일이 또 없지요."

디프로티아 대륙에서 난 많은 여자를 품은 만큼 그 사이에 서 태어난 자식 또한 많았다.

내가 태어난 플로리엔 왕국은 일부다처제였다.

자기의 능력이 닿는다면 귀족이든 평민이든 일부다처제가 인정되었다. 단, 그 능력이라는 것은 철저하게 재산을 기준으 로 평가되었다.

처를 한 명만 두는 것은 누구나 할 수 있지만 두 명 이상 두 기 위해서는 철저하게 국가의 감사를 받아 재력을 평가받아 야 했다.

따라서 평민은 거의 대부분 한 명의 처만 데리고 살았고, 대부호나 귀족들은 여러 명의 정부인을 데리고 살았다.

나는 귀족도 사업으로 성공한 대부호도 아니었으나 재산 은 차고 넘칠 만큼 많았다.

마력이 높아질수록 내가 바라지 않아도 점점 더 돈이 쌓여 만 갔다. 그런 입장이다 보니 일곱 명의 처를 데리고 살았다. 사실 마음만 먹으면 더 많은 처를 들일 수도 있었지만, 그 정 도 선이 적당하다 싶었다.

처들이 많으면 시끄러워지게 마련이니까.

그리고 밤일도 골치가 아프다. 플로리엔 왕국은 일부다처 제를 허락하는 대신, 하룻밤에 한 여자만 품는 것을 원칙으로 하고 있다.

법으로 그렇게 지정해 놓은 것은 아니더라도 그게 여러 정부인에 대한 최소한의 예의라고 암묵적으로 합의가 되어버린 것이다.

물론 서로 성적 취향이 맞으면 하루 한 명이 아니라 매일 밤 단체로 즐기든 말든 그거야 알아서 할 일이다.

그러나 난 그리하지 않았다.

최소한의 예의는 지킨 것이다.

그렇다 보니 밤만 되면 일곱 정부인의 침소를 돌아가면서 찾아야 했다.

월요 부인, 화요 부인, 수요 부인, 목요 부인, 금요 부인, 토요 부인, 일요 부인.

차라리 나중에는 이름보다 그런 식으로 각인이 되어버릴 정도였다.

내가 정력이 약한 것도 아니고 힘이 없는 것도 아니지만 그 짓을 몇 년간 반복하다 보니 의무적인 행위가 되는 듯해서 기분이 씁쓸했다.

그런 상황일진대 정부인을 더 들였다면 그건 그것 나름대로 골치 아팠을 것이다.

한데 내 여성 편력은 거기서 끝나지 않는다. 주변에서 다가오는 여자들이 워낙 많았다.

대륙을 순회할 땐 각 지역마다 여러 명의 여자를 품에 안았다. 누누이 말하지만 그중에 엘프 여성도 열 명가량 포함되어 있다.

물론 정부인이 아닌 이상 내 씨앗을 잉태시키지 않았다.

하나, 정부인이 일곱이다 보니 그 사이에서 태어난 자식만도 스물이 넘었다.

돈은 주지육림 속에서 살다 간다 해도 자자손손 놀고먹어도 아무 하자 없을 만큼 벌어놨으니, 생계유지엔 아무런 걱정이 없었다.

한데 아비는 하나요, 자식은 여럿에다 개성이 제각각이니 신경을 골고루 써주지 못했다.

뿐만 아니라 난 스승을 따라 대륙 순회까지 떠났었다. 자식 교육은 오로지 부인들의 몫이 되는 경우가 허다했다.

그러니 그 많은 자식 중 바르게 자란 자식은 몇 안 됐다. 나머지는 어찌 그리 사고를 치고 다니는지, 여기저기 돈 물어줘야 할 곳이 수두룩했었다.

왜 그렇게 행동했을까?

그토록 가족에 대한 소중함에 대해서 반성하고 뉘우치던 나였는데.

지금 와서 생각해 보면 여전히 대한민국의 내 가족들에 대한 정과 미련을 버리지 못해서 그랬던 것 같다.

때문에 디프로티아 대륙에서 연을 맺은 가족들은 나도 모르게 정을 주지 못한 모양이다.

'결국 디프로티아 대륙에서도 또 실수를 했던 것이야.'

그러나 이제와 후회해도 부질없는 일이었다.

상념에서 빠져나와 고개를 절레절레 흔들었다. 그런 날 중년인이 재밌다는 듯 바라보고 있었다.

"마치 자식을 가져본 것처럼 얘기하는군요. 하하하."

"그냥 주위 어른 분들께 들은 말일 뿐입니다."

"그런가요? 한데… 정상고등학교에 다니시나 봅니다?"

"그렇습니다."

"우리 아들도 거기에 다니고 있는데."

"어쩌면 제가 알 수도 있겠군요. 성함이 어찌 되는지요?"

나는 그 아들의 이름을 물어본 것인데 중년인은 잘못 이해한 모양이다.

"아, 그러고 보니 생명의 은인과 통성명도 못했네요. 정신이 없다 보니, 원. 제 이름은 차인호라고 합니다."

내가 원하는 것과는 다른 대답이었으나, 그의 아들 이름이 뭔지 많이 궁금한 것도 아니고 예의상 물어본 것인지라 그냥 넘기기로 했다.

"하정우라고 합니다. 열아홉입니다."

"하정우군이군요. 이름이 참 멋지십니다."

"그런 얘기 종종 듣습니다."

"하하하! 시원시원해서 더 좋습니다. 한데 몇 마디 섞어보니 도저히 그 나이로는 느껴지지가 않는군요."

"말투와 생각이 애늙은이 같다는 건 저도 잘 알고 있습니다."

"하하하하! 정말 특이한 청년이군요. 얘기하다 보니 머리 아픈 것도 모르겠네요."

"그럼 이제 혼자서 돌아가실 수 있겠네요. 밤이 늦어서 전 이만 가보겠습니다."

뒤돌아서려는 나를 차인호가 만류했다.

"에헤이, 그렇게 돌아가시면 어쩝니까? 이렇게 만난 것도 인연이고, 제 목숨을 구해준 은인인데 뭔가 보답이라도 해야지요."

"보답?"

순간 오성이가 떠올랐다.

오성이네는 그다지 잘살지 못한다. 우리 집과 도긴개긴이다.

아마 가족들 앞에 제대로 된 보험도 들어 있지 않을 것이다. 보험을 들어서 병원비가 어찌 해결된다고 해도 문제다.

오성이네 아버지는 막노동을 한다. 하루 벌어 하루 먹고사는 입장인데 병원에 오래 누워 있게 되면 그만큼 벌이가 없어지니 당연히 힘들어진다.

만약 장기 노동을 잡은 상황이었다면 그 자리에서 잘릴 게 뻔하다.

난 단도직입적으로 차인호에게 물었다.

"어떤 보답을 해주실 수 있습니까?"

차인호는 사람 좋은 미소를 지으며 되물었다.

"뭔가 원하시는 게 있다면 말씀해 보십시오."

"돈을 원합니다."

"…돈이요?"

"그렇습니다."

차인호가 입은 정장이며 신고 있는 구두는 누가 봐도 알아주는 명품이었다.

애초부터 퍽치기 놈들도 차인호의 차림새를 보고 뒤쫓은 것이다.

그래서 난 보답으로 돈을 요구했다.

차인호는 잠시 벙 찐 얼굴로 눈을 깜빡이더니 곧 통쾌하게 웃어젖혔다.

"하하하하하하하!"

한참 동안 웃던 차인호가 사과의 말부터 건넸다.

"아, 죄송합니다. 기분 나빠 하지 마세요. 정우 군을 비웃은 건 아니니까. 오히려 그 통쾌함이 마음에 들어 웃었습니다. 내 아들놈이 정우군 반만 따라가도 좋으련만. 방금 돈을 원한다 하셨죠? 좋습니다. 드리죠. 사실 내가 가장 쉽게 줄 수 있는 것이 돈이기도 합니다."

"잘됐군요. 한데 제가 아직 통장 같은 게 없습니다."

"우리 집으로 가시죠. 와이프가 내오는 차 한 잔 마시고 계시면 바로 원하는 금액을 가져다 드리겠습니다. 아, 그렇다고 너무 터무니없는 액수를 원하시면 곤란합니다. 하하!"

"그렇지는 않을 겁니다. 그런데 꼭 집에 가야 합니까?"

시간도 늦었고 귀찮기도 했다.

게다가 집엔 지우가 혼자 있는 상황이다. 세상이 이토록 험하다 보니 녀석이 걱정되었다.

"여기서 그다지 멀지 않습니다. 제가 차 한 잔은 꼭 대접하고 싶어서 그럽니다."

"알겠습니다."

차인호의 간곡한 부탁에 결국 그와 동행하게 되었다.

집이 근처라고 하니 빨리 일을 마무리 짓고 돌아가면 될 듯했다. 그리고 만에 하나라도 무슨 일이 생긴다면, 지우의 핸드폰에 각인시켜 놓은 마법이 발동될 것이다.

차인호는 나를 공원에서 오 킬로미터 정도 떨어진 거대한 저택으로 안내했다.

"여기가 제 집입니다."

*   *   *

차인호는 공원에서 걸음을 떼며 즉시 집에다 전화해 큰소리쳐 놓은 상황이었다.

지금 자기 목숨을 구해준 은인 한 분 모시고 가니 집안 어지러워져 있으면 깨끗이 치우고 몸단장도 정갈히 하라고 말이다.

집에서는 제법 가부장적인 남자인 모양이다.

한데 차인호의 집으로 들어서자마자 난 익숙한 얼굴 둘을 볼 수 있었다. 그들도 내 얼굴을 확인하더니 당장 표정을 일그러뜨렸다.

거실에서 반듯하게 선 채 날 맞이할 준비를 하고 있던 것은 다름 아닌 차태광과 그의 엄마였다.

"너, 너, 너! 네가 왜 여길 왔어!"

태광의 엄마가 대번에 노발대발했다. 태광이도 이에 질세라 목청을 높였다.

"하정우! 네가 감히 여기가 어디라고 들어와! 당장 안 나가!"

그러자 차인호가 두 사람에게 버럭 소리쳤다.

"어허! 지금 내 앞에서 뭣들 하는 짓거리야!"

차인호의 호통에 두 사람은 놀란 강아지마냥 얼른 입을 닫았다. 모자는 똑같은 모습으로 차인호의 눈치를 살피기에 급급했다.

차인호가 자신의 아들과 와이프를 매섭게 흘겨본 뒤 내게 물었다.

"정우 군, 내 집안사람들과 아는 사이였습니까?"

"네, 좋은 인연은 아니지만요."

"좋은 인연이 아니라니요? 그러면 안 되죠. 내 생명의 은인인데. 얽힌 게 있으면 풀어야지요."

그 말에 태광이와 그의 엄마는 눈이 튀어나올 듯 커졌다.

이 현실을 믿기 어려운 듯 나와 그들의 가장을 쉴 새 없이 번갈아 쳐다보았다.

"여, 여보, 지, 지금 뭐라 그러셨어요? 쟤, 쟤가 당신 생명의 은인이라구요?"

"그래. 자세히 이야기하자면 길고, 거래처 사람들이랑 거하게 한잔하고 들어오다 이상한 놈들한테 봉변당할 뻔한 걸 구해줬어."

"아니, 그러게 차를 가지고 나가서 대리 붙여 오시라니까요!"

"개구리 올챙이 적 시절 생각 못한다고 했어! 지금 좀 번다고 모든 것에 사치를 부리다 보면 초심을 잃고, 초심을 잃으면 벌어놓은 것도 다 잃게 되는 거야! 뭐 하나라도 초심을 잡을 건덕지가 있어야 하는 거라고 늘 얘기했어, 안 했어?"

"그래도……."

"이놈의 으리으리한 저택이나 비까번쩍한 가구들도 다 당신 허영심 때문에 산 것 아니야!"

"……."

괜히 말 꺼냈다 본전도 못 찾은 태광이의 엄마가 입을 다물었다.

그러자 이번엔 태광이가 발끈하고 나섰다.

"아빠! 엄마는 아빠가 걱정돼서 말한 건데 그렇게 혼낼 필요 있어요?"

"너 이 쌍놈 새끼, 요새 덜 맞았지? 골프채로 골 깨지도록 한번 얻어 터져 볼래!"

"……."

태광이도 당장 입을 다물고서 떨리는 손으로 머리를 싸맸다.

"그리고 내가 생명의 은인 모시고 간다고 했어, 안 했어?"

"해, 했어요."

태광이의 엄마는 기가 팍 꺾여서 고분고분 대답했다.

"그랬으면 등장한 사람이 원수지간이든 웬수지간이든 무조건 환대해야 하는 거 아니야? 지금 둘이서 아주 대놓고 날엿 먹이겠다는 거야!"

집안이 떠나가라 소리친 차인호가 현관의 구두 한 짝을 들어서 집어 던졌다.

쾅!

빠르게 날아간 구두가 거실에 걸어둔 그림에 맞았다.

이에 태광이 엄마가 화들짝 놀랐다.

"어, 어머, 어머! 저 그림이 얼마짜……."

그녀는 말을 하다 말고 얼른 입을 막았다. 차인호의 서릿발어린 시선이 그녀에게 쏟아지고 있었다.

모자의 호들갑을 정리한 차인호가 부드러운 얼굴로 날 바라보았다.

"죄송해요, 정우 군. 내가 유난히 이 두 사람한텐 엄한 성격이라서."

난 고개를 끄덕였다.

"충분히 이해합니다."

그 말에 태광이 모자가 날 죽일 듯 노려보았다.

"자, 고마운 사람을 너무 오래 세워뒀군요. 얼른 들어가 소파에 앉으세요."

"감사합니다."

신발을 벗는 내게 태광이 모자가 썩 나가라는 뜻을 눈빛으로 전했으나 신경도 쓰지 않았다.

차인호가 소파의 상석에 앉았고, 나와 태광이 모자는 서로 마주 보고 앉았다.

"그래, 이왕 이렇게 된 거 서로 다 얘기하고서 얽힌 과거를 풀어봅시다."

"여보, 얽힌 걸 풀다뇨? 그건 일방적으로 우리 태광이가 저놈한테 당한 거라구요."

"당신, 아직 덜 혼났어?"

"……."

"정우 군, 말해봐요. 무슨 일이 있었던 건지."

"사실대로 말해도 될까요?"

"당연히 그래야죠."

난 태광이 모자의 안색을 살폈다. 둘 다 얼굴이 하얗게 질려 있었다. 내 입가에 시린 미소가 어렸다.

"그렇다면 말씀해 드리겠습니다. 우선 태광이가 학교에서 어떠한 학생인지에 대해서부터 아셔야 할 것 같습니다."

"아, 그건 나도 어느 정도 알고 있습니다. 말썽을 좀 많이 피우죠? 공부엔 관심도 없고 그저 노는 것만 좋아해서 과하게 놀다가 기물도 많이 파손하구요."

"네. 자주는 아니지만 종종 과하게 행동합니다."

그리 말하면서 난 태광이가 저질렀던 '과한 행동'에 대해 떠올렸다.

내가 과거로 회귀한 시점이 칠월 달이었고, 그 이후부터 지금까진 나한테 까불다 얻어터진 것 외엔 이렇다 할 사고를 치지 않았다.

그래서 그 이전의 기억을 되새겨야 했다.

태광이 저 녀석이 어떤 놈이었냐 하면.

"어느 정도로 과하냐면 3학년 반 배정을 받았던 날, 실수로 어깨를 부딪쳤던 아이의 머리를 잡아 교실 거울에 찍어버렸지요."

"…뭐라구요?"

"학기 초엔 자기가 소변 보는데 화장실 청소하던 아이가 물을 튀겼다고 화장실 바닥을 닦던 마대자루를 빼앗아 인정

사정없이 두들겨 팼구요. 그 마대자루가 부러질 때까지."

"……."

"오월이었나? 체육 시간에 축구를 했는데, 태광이네 편이 졌습니다. 그런데 태광이는 어느 한 아이의 플레이가 마음에 들지 않았는지 그 아이를 소각장으로 불러냈지요. 그리고서는 바닥에 머리를 박게 하고서 몸 이곳저곳을 걷어찼습니다. 아, 가만 생각해 보니 그때 얻어맞았던 아이가 바로 저였군요."

거기까지 말했을 때, 차인호는 적잖이 충격 받은 얼굴로 태광이 모자를 바라보았다.

태광이 모자는 어찌할 줄을 몰라 발만 동동 굴러댔다.

"그 외에도 수십 가지가 더 있는데 말씀드릴까요?"

"아니… 아닙니다. 지금 들었다간 저 아무짝에도 쓸모없는 자식을 어떻게 할지 모르겠군요."

"아, 아빠! 오해야! 나 그런 적 없어!"

"그, 그래요, 여보! 가족 말을 믿어야지, 어디 돼먹지도 않은 저런 놈 말을 믿는 거예요?"

"둘 다 입 다물어!"

역시 태광이 모자에게 차인호의 말을 절대적이었다. 그들은 찍소리도 못하고서 기가 죽었다.

"뭐? 돼먹지도 않은 저런 놈?"

차인호가 검지로 태광이를 가리켰다.

"너, 말해봐, 인마! 모르는 사람이 길 가다가 퍽치기들한테 대가리가 깨질 판이야. 어떻게 할래?"

이번엔 차인호의 검지가 태광이의 엄마에게 향했다.

"당신이 말해봐. 저놈이 어떻게 할 것 같아? 위험을 무릅쓰고 달려들 것 같아? 못 본 척하거나 도망치겠지! 그 나이 또래 대부분이 그럴 거야. 그런데 정우 군은 그러지 않았어. 내 목숨을 살려줬다고! 그럼 내가 누구 말을 믿을까? 나 살려준 정우 군 말을 믿을까, 아니면 매일같이 내 속만 썩이면서 수명 줄게 만드는 저놈 말을 믿을까? 어서 말해봐!"

"……"

태광이 모자는 아무 말이 없었다. 차인호가 한숨을 푹 쉬었다.

난 그 광경을 흥미롭게 지켜보다가 차인호의 불난 가슴에 기름을 들이부었다.

"고정하시죠. 태광이의 학교생활은 엉망일지 몰라도 태광이 어머님은 학교에서 사모님 대접을 받더군요. 선생님들과 친분을 돈독히 다져 놓은 듯하던데요. 앞으로 태광이도 어머님의 사교성을 본받아 친구들과 사이좋게 지내면 되지 않을까요?"

순간, 태광이 엄마는 마른침을 꿀꺽 넘겼고, 차인호는 그건 또 무슨 소리냐는 듯 날 바라봤다.

그러자 태광이 엄마가 제발 그것만은 안 된다며 고개를 절레절레 흔들었다.

차인호는 잠깐 동안 말을 섞어봤음에도 범죄나 부정부패처럼 사회악이라 칭할 수 있는 모든 것을 싫어하는 사람이었다.

때문에 선생들에게 촌지를 건넸단 말이 들어가는 순간 사달이 날 건 불 보듯 뻔한 일이다.

이 자리에서 그런 광경을 직접 보는 것도 재미있겠다 싶었는데, 그보다는 이걸 무기로 삼아 태광이 모자를 꼼짝 못하게 하는 편이 더 나을 것 같았다.

그래서 원래 하려던 말을 삼키고 다른 말을 꺼냈다.

"학부모 상담 기간에 찾아오신 것을 본 적이 있습니다. 그런데 선생님들께 예의를 차려 극진히 행동하시더군요. 그러니 선생님들도 자연스레 태광이 어머님을 사모님이라 부르게 된 것이지요. 가는 말이 고우면 오는 말이 곱고, 일방통행은 없는 법이니까요."

"아, 그런 말이었군요."

그제야 차인호의 표정이 조금 풀어졌다.

"그래, 당신 그런 모습을 태광이한테 가르치란 말이야. 품에서만 감싸고돌지 말고."

"아, 알았어요."

태광이 엄마는 억지미소를 지었다.

난 그런 태광이 엄마에게 눈빛으로 강렬한 메시지를 전했다.

'앞으로 나 건들면 바로 터진다.'

태광이 엄마가 내 뜻을 충분히 인지했는지 두 번째 마른침을 삼켰다.

"아무튼 두 사람 다 그만 들어가 봐. 태광이 너는 정우 군 가고 나면 나랑 면담 좀 하자."

면담이라는 단어가 나오는 대목에서 태광이는 어깨를 움찔거렸다. 내일 학교에 어떤 몰골로 나타날지 심히 기대되었다.

태광이 모자가 물러가고 난 뒤 차인호는 이리저리 말 돌리지 않고 화끈하게 물었다.

"그래, 얼마나 드리면 제 고마움이 전해지겠습니까?"

"제 친구가 있습니다."

"친구요?"

"저와 같은 반이고, 제 짝은 오성이라는 녀석입니다. 강단이 없고 유약해서 태광이한테 괴롭힘도 많이 받았던 아이지요."

"어휴, 내 태광이 이놈을 정말."

"그런데 그 아이의 아버지가 퍽치기들에게 당해 병원에 입원 중이십니다."

"저런!"

차인호는 정말 자기 일처럼 안타까워하며 무릎을 탁 쳤다.

재수가 없었다면 자기 자신도 지금쯤 병원 수술실에서 생사의 갈림길 위에 놓여 있을 테니 당연한 반응이었다.

"한데 그 아이의 집안이 많이 힘듭니다. 아버지가 노가다
판에서 일하는 돈으로 근근이 먹고삽니다. 그래서 말인데, 만
약 병원비를 내지 못할 상황이라면 그것을 처리해 주시고, 병
원비를 낼 수 있다면 한 달 정도 지낼 수 있는 생활비를 대주
십시오."

"그게… 다입니까?"

"네."

"돈이 필요하다고 했던 것도 그런 이유였습니까?"

"그렇습니다."

"이것 참."

차인호는 대단히 감탄한 듯 뿌듯한 미소를 지었다.

"정말 정우 군은 대단한 사람입니다. 어찌 그 나이에 이토
록 속이 깊을 수가 있는지 모르겠군요. 괜히 제가 말을 놓지
못하는 게 아닙니다."

"가능합니까?"

"당연히 가능하지요. 걱정하지 마십시오."

차인호가 품에서 지갑을 꺼내 명함 한 장을 건넸다.

"제 명함입니다. 친구 분 상황을 알아보고 난 다음 필요한
액수를 계좌번호와 함께 찍어서 문자 하나 넣어두세요."

난 차인호의 명함을 받아 주머니 속에 넣었다.

"알겠습니다."

목적을 달성했으니 이제 더 이상 여기에 있을 이유는 없었다. 소파에서 엉덩이를 떼서 가볍게 목례를 했다.

"이제 그만 가보겠습니다."

"벌써 가신다구요? 대접은 제대로 하지도 못하고 못 볼 꼴만 보였는데."

"괜찮습니다. 크게 신경 쓰지 않습니다."

"저기, 그럼 이거라도 받아 가세요."

차인호는 지갑에 있던 지폐와 수표를 모두 꺼내 내게 쥐어주었다.

"기분 상해하지 말고, 내 마음이라 생각해요. 어차피 오늘 퍽치기들한테 당했다면 모두 사라질 돈이었으니까."

슬슬 차인호의 말이 짧아지고 있었지만 이해하기로 했다. 이 시대의 어른으로서 차인호는 내게 차고 넘칠 만큼의 예의를 보여주었으니까.

그런데 차인호가 착각한 게 하나 있다.

난 공짜로 주는 돈을 마다하지 않는다. 기분 나빠하는 일도 없다. 아주 기분 좋게 지폐 뭉치를 받아 챙겼다.

"알겠습니다."

"역시 화끈해서 좋다니까. 하하하! 이제 나도 마음이 조금 가볍네. 조심히 들어가고 꼭 연락해요."

"그러도록 하지요."

돈을 준다는데 연락 안 할 리가 없다.

난 차인호의 배웅을 받으며 현관에서 신발을 신었다. 그런데 그때 안방 문이 열리며 태광이 모자가 모습을 드러냈다.

태광이 엄마는 어색하게 웃으면서 내게 손을 흔들었다.

"저, 정우야, 조심해서 들어가고, 아까는 아줌마가 막말해서 미안했다. 아무래도 우리 사이에 오해가 좀 있었나 봐. 아줌마 마음 알지?"

난 아무 말도 없이 태광이 엄마를 바라봤다. 그러자 태광이 엄마가 옆에 서 있는 태광이의 옆구리를 쿡 찔렀다.

"너도 어서 인사해!"

태광이는 도통 내키지 않는 얼굴이었지만 억지로 인사를 건넸다.

"잘… 가, 정우야. 그리고… 미… 미… 미안하다."

태광이가 고개를 푹 숙였다.

참으로 혼자 보기 아까운 광경이었다.

난 태광이에게 작별 인사 대신 다른 말을 해주었다.

"그래, 앞으로는 그러지 마라."

태광이의 어깨가 파르르 떨려왔다. 아마 녀석은 참을 수 없는 수치심을 느끼고 있겠지. 하지만 난 대단히 가벼운 마음으로 태광이의 집을 나설 수 있었다.

*   *   *

집으로 돌아오니 텔레비전은 혼자 떠들고, 지우는 소파에 누워 잠들어 있었다.

날 기다리다가 저도 모르게 눈이 감긴 모양이다.

난 지우를 번쩍 들어 안아 자기 방 이부자리에다 놓아주었다.

그리고 내 방으로 들어와 차인호에게 받은 지폐 뭉치를 꺼냈다. 액수를 확인하니 총 오십이만 원이었다.

"얼마 안 되는군."

지금의 내 상황을 생각하면 많은 액수가 확실했지만, 디프로티아 대륙에서 살 때의 재력을 떠올리면 조족지혈이다.

이 돈을 불릴 수 있는 방법이 뭐가 있을까 생각해 봤다.

내가 학교를 다님으로써 행동의 제약만 받지 않는다면 방법이야 많다.

일전에 한 번 생각했던 대로 아티팩트를 만들어 팔아도 되고, 그렇게 모은 자본금으로 마법을 이용하면 대박 터질 사업이나 장사를 시작해도 된다.

하지만 난 지금 학생이다.

하루의 거의 대부분을 학교에서 보내기 때문에 제약이 심하다. 내 시간을 내 마음대로 쓰는 것이 힘들다.

일단은 그 돈을 책상 서랍에 넣어 놓고 컴퓨터를 켰다.

그리고 인터넷 뉴스를 검색했다. 혹시 또 우리 동네 주변에서 몹쓸 사건이 터지지 않았나 검색해 보기 위해서였다.

그런데 생각지도 않았던 뉴스를 접하게 되었다.

얼마 전 심하게 찾아온 태풍 피해 때문에 전국적으로 과수원이 몸살을 앓고 있었다. 그로 인해 추석 대목인 배도 많이 수확하지 못해 추석을 앞두고 있는 지금 배 값이 천정부지로 치솟고 있는 모양이다.

수요는 많은데 공급은 적으니 당연한 일이었다.

순간 난 3서클 보존 마법 리테인을 떠올렸다.

그것은 어느 물체의 속성을 변하지 않고 그대로 유지시켜 주는 마법으로 디프로티아 대륙에선 주로 음식물들을 저장하는 창고에 리테인 마법진을 새겨 넣었다.

현대식으로 따지자면 리테인 마법이 창고를 냉장고로 변환시켜 주는 것이다.

'이번 주말에 과수원을 돌아다녀야겠군.'

태풍이 몰아쳤으니 낙과가 많을 것이다. 그중에서도 상처가 많은 것들을 헐값에 사올 생각이다. 최대한 많이 사와서 리테인 마법으로 배의 현 상태를 보존하며 추석 전까지 기다리면 대목을 잡을 기회가 분명히 찾아온다.

내 손에 들어온 낙과는 모두 최상의 상품으로 탈바꿈할 테니 말이다.

"한 가지는 해결됐군."

오십이만 원을 알차게 사용할 수 있게 되었다.

고민이 끝났으니 더 이상 거기에 대해선 생각하지 않고 범죄 관련 기사만 검색했다.

다행스럽게도 퍽치기 이후로 이렇다 할 연쇄 살인은 일어나지 않은 것 같았다.

난 컴퓨터를 끄고서 침대에 앉았다. 그리고 하루 종일 미뤄 두었던 마나사이편을 했다.

시간은 빠르게 흘러갔고, 새벽녘이 되었을 때,

철컥.

현관문 열리는 소리가 들렸다. 아버지께서 오신 모양이다.

털썩.

이건 소파에 앉는 소리.

그리고……

"내일부터 실직자군."

이건 내 가슴이 아려오는 소리였다.

the Archmage Returns

제8장
도약의 준비

세 시간 정도를 자고 아침 일찍 일어나 학교로 향했다.

등교하는 내내 머릿속에서 아버지의 한탄이 메아리쳤다.

'내일부터 실직자군.'

아버지는 이미 직장에서 권고 퇴직을 당하셨는데도 똑같이 새벽에 일어나 준비를 하고 밖으로 나가셨다.

가족들에게 걱정을 끼치기 싫으신 것이겠지.

'너무 힘들어하지 마세요, 아버지. 제가 조만간 큰돈 벌어다 드릴 테니까요.'

그 말이 목구멍까지 차올랐으나 꾹 참았다.

그건 곧 아버지 퇴직 당하신 것 다 압니다 하고 선언하는 것밖에 되지 않을 테니까.

학교에 도착하니 어쩐 일인지 태광이 패거리가 나보다 먼저 등교해 있었다.

한쪽 눈에 시퍼런 멍이 든 것이 아무래도 차인호가 교육 한번 단단히 시킨 모양이다.

태광이는 날 발견하자마자 의자에서 벌떡 일어나 성큼성큼 다가왔다. 혹여 아직까지 정신 못 차리고서 까불면 이번에야말로 묵사발을 내놓을 작정이었다.

그런데 이놈이 갑자기 내게 친한 척을 해댔다.

"정우야, 이제 왔어?"

태광이의 그런 행동에 진우와 재철이가 눈을 휘둥그레 떴다. 녀석들의 상식으로는 이 상황이 이해가 되지 않는 모양이었다.

"야, 너 왜 그래?"

"저 새끼한테 무슨 아침 인사를 해?"

양쪽에서 두 녀석이 한마디씩 번갈아 내뱉자 태광이가 눈을 부라렸다. 이어 태광이의 두 손이 진우와 재철이의 뒤통수를 세게 가격했다.

빠박!

"악!"

"아야!"

마치 데칼코마니를 보는 것처럼 똑같이 뒤통수를 어루만

지는 진우와 재철. 태광이는 그런 두 사람에게 으르렁거렸다.

"뭐? 새끼? 정우가 왜 새끼야? 말 함부로 하지 마, 이 새끼야!"

"…너 진짜 왜 그러냐? 그리고 정우는 새끼 아니라면서 나는 왜 새끼라고 부르냐?"

태광이의 말에 억울해진 재철이가 버럭 소리쳤다. 오고가는 대화의 질이 유치하고 수준 떨어진다.

결국 괜히 덤빈 재철이는 뒤통수를 한 대 더 얻어맞았다. 그것도 주먹으로.

빡!

"악!"

"앞으로 정우한테 함부로 하는 새끼는 내가 가만 안 둔다! 알았어?"

진우와 재철이는 도저히 이해 못하겠다는 표정을 지었지만 더 이상 아무 말도 못했다.

그만큼 태광이는 두 녀석에게 절대적이었다.

"정우야, 앞으로 너 괴롭히는 새끼들 있으면 언제든 나한테 말해! 내가 아주 작살을 내줄 테니까."

그 말에 절로 코웃음이 나왔다.

"나보다 약한 놈이 할 소리냐?"

"그, 그건 그렇지. 헤헤. 아, 아무튼 우리 관계, 이제 좋아진 거다? 그러니까 아버지한테 절대로 그… 다른 이야기하면 안 돼? 부탁할게. 응?"

차인호가 무섭긴 무서운 모양이군.

"네놈 하는 짓거리 봐서."

"알았어, 알았어. 내가 잘할게."

"앞으로 내 앞에서 누군가를 괴롭히든가 삥을 뜯든가 하다 걸리면 가차없이 네 아버지와 연락할 테니 그리 알아라."

"걱정하지 마. 절대 그럴 일 없을 테니까."

태광이가 자신만만하게 말했다.

"알았다."

간단하게 대답하고서 난 내 자리에 앉았다.

그러자 예슬이가 네 개로 나누어 묶은 교과서 뭉치를 낑낑대며 내 책상에 하나씩 날라 옮겼다.

"하아, 무겁다. 넌 어쩜 눈으로 뻔히 보고서도 도와주질 않아?"

"도와달라고 하지 않았잖아."

"으… 진짜!"

예슬이가 질렸다는 표정을 지었다.

"아무튼 약속했던 교과서야. 수능까지 시간이 얼마 안 남았지만 열심히 노력해 봐."

"고마워."

예슬이는 만족스레 미소 짓고서 자기 자리로 돌아갔다.

"정우야, 진짜 할 수 있겠어?"

"해봐야지. 그보다 내일이 토요일이니 아버지 계시는 병원에 같이 가자."

오성이가 애써 웃으며 고개를 끄덕였다.

"응. 내일 일어나자마자 너네 집으로 갈게."

"아니, 너 먼저 가 있어. 나중에 내가 혼자 갈 테니까 어느 병원 몇 호실인지 말해줘."

"인정병원 별관 6호실이야."

"알았다. 저녁 무렵에 연락하고 갈게."

"그래."

오성이는 고개를 돌려 창밖을 바라보았다. 우울한 얼굴을 보여주기 싫은 모양이다.

난 지갑에서 차인호에게 받은 명함을 꺼냈다. 그리고 문자를 날렸다.

—하정우입니다. 친구 아버님의 존함은 정유환이고 인정병원 별관 6호실에 입원해 계십니다.

문자를 보낸 지 일 분도 안 되어 답장이 도착했다.

지이이잉.

—알겠어요, 정우 군. 내가 내일 직접 찾아뵙고 약속했던 대로 조치할게요. 그리고 태광이 녀석이 혹시라도 학교에서 사고 치면 바로 나

한테 알려주세요.

—알겠습니다.

답장을 보낸 뒤 핸드폰을 집어넣으니 수업 시작종이 쳤다.

난 일 교시 교과서를 꺼내놓고 중학교 1학년 교과서 중 하나를 그 위에 포갰다.

그리고 책을 세워 첫 장부터 읽어나갔다.

하지만 그냥 읽는 건 아니었다.

"메모라이즈."

3서클 절대 기억 마법 메모라이즈를 시전했다.

이 마법은 지속 시간이 사십 분이며 한 번 본 것은 절대 잊어버리지 않게끔 해준다.

게다가 난 이즈멜로 살던 시절 대단한 독서량을 자랑했다. 책을 많이 읽다 보니 저절로 속독술을 익히게 되었다. 중학교 교과서 한 권을 떼는 데는 많은 시간이 걸리지 않는다.

더불어 마법사라는 직업이 머리를 좀 많이 쓰는 직업인가. 명석한 데다 두뇌회전이 빠르지 않으면 아무리 마나 친화력이 뛰어나다 해도 대성할 수 없는 것이 마법사다.

중학교 교과서의 내용은 속독으로 읽으면서도 그 내용이 쉽게 이해되고 습득되어졌다.

그렇게 일 교시가 끝날 무렵엔 중학교 1학년 국어와 생활 국어를 모두 마스터할 수 있었다.

교과서 안에 담긴 내용도 쉬웠고, 풀이해야 하는 문제들도 쉬웠다. 어려운 것이 하나도 없었다.

'이렇게 쉬운 것을 당시엔 왜 그다지도 어려워했는지.'

내용이 술술 머릿속으로 들어오니 공부가 재미있었다. 하지만 쉬는 시간엔 공부를 하지 않고 머리를 식히며 최대한 휴식을 취했다.

그래야 다음 시간에 무리없이 메모라이즈 마법을 시전할 수 있을 테니까.

메모라이즈 마법은 기본적으로 마나를 많이 필요로 하지 않는다. 그러나 사십 분 동안 풀타임으로 지속해 버리면 마나가 빠르게 고갈된다.

때문에 휴식을 취할 필요가 있었다.

따라라라~ 따라라라라~.

다시 이 교시 수업을 알리는 종이 울렸다.

이번에는 중학교 1학년 영어와 생활영어를 책상 위에 올려놓았다.

*   *   *

육 교시 수업이 모두 끝났다.

그때까지 난 중학교 1학년 국어, 생활국어, 영어, 생활영어, 수학, 수학 익힘, 사회, 사회과 부도, 국사, 과학, 기술가정 교과서를 독파했다.

수준이 낮아서 생각했던 것보다 훨씬 쉽게 익힐 수 있었다.

난 나머지 야자 시간 동안 도덕, 음악, 미술, 체육 교과서를
완벽히 마스터했다.

메모라이즈 마법을 시전했으니 외우지 못할 것도 없고, 외
운 내용 중 이해가 되지 않는 것도 없었다.

오늘 단 하루 동안 중학교 1학년의 모든 과정을 공부한 것
이다. 이제 책에서 나오는 내용은 어느 것을 물어봐도 자신있
게 대답할 수 있었다.

"중학교 2학년 교과서는 모두 가져가고 1학년 교과서는 새
것이나 다름없으니 중학교에 기부하고……."

난 중학교 1, 2학년 교과서를 따로 추린 다음, 나머지 교과
서를 흘깃 보았다.

"이것들을 어디에 보관해야 하나."

혼잣말을 중얼거리는데, 예슬이와 태광이 패거리가 동시
에 다가왔다.

"야, 하정우! 너 뭐야? 수업 시간 내내 중학교 1학년 교과서
보는 것 같던데, 너무 대충 본 거 아니야? 벌써 다 읽었어?"

이건 예슬이의 질문.

"정우야, 교과서 보관할 데가 없어? 우리 사물함에 나눠서
보관해 줄게, 그럼."

이건 태광이의 말.

"뭐? 야, 내 사물함에 정우 책을 왜 넣어줘?"

"내 사물함에도 자리 없어."

이건 진우와 재철이의 항변이었다.

태광이는 진우와 재철이를 노려봤다.

"평소에 교과서도 안 가지고 다니는 놈들이 무슨 사물함에 자리가 없어? 뒈질래?"

그리 말한 태광이는 내가 빼놓은 중학교 2학년 과정의 교과서를 제외한 나머지 책을 모두 들어 세 개의 사물함에 나누어 담았다.

내가 그 모습을 지켜보고 있자니 예슬이가 소리를 빽 질렀다.

"야!"

"응?"

"제대로 공부한 거 맞느냐고!"

"응, 맞아."

"진짜야?"

"그래."

"집합의 정의와 원소 나열법, 조건 제시법에 대해서 설명해 봐."

"집합은 어떤 조건에 알맞은 대상이 명확하게 구별되는 모임을 뜻해. 여기서 원소 나열법은 집합을 나타내는 방법으로 중괄호 안에 주어진 집합에 속하는 모든 원소를 나열하는 것이고, 조건 제시법 역시 집합을 나타내는 방법으로 중괄호 안에 원소를 모두 나열하지 않고 그 집합의 원소가 공통적으로 만족하는 조건들을 제시하여 표현하는 방법이야. 모두 중학교 1학년 수학책 첫 번째 단원에 나오는 지식이지."

"……."

내가 한바탕 말을 쏟아내자 예슬이는 침묵했다. 살짝 충격받은 얼굴로 입을 벌리고 있던 예슬이가 내 옆에 있는 오성이를 바라봤다.

"오성아, 애 원래 기본 실력은 있었던 거지? 사람이 아무리 공부와 담을 쌓고 지낸다고 해도 그렇지 집합 정도는 다 알잖아?"

오성이는 예슬이의 물음에 고개를 저었다.

"예슬아, 정우 기본도 없었어. 공부랑은 담을 아니라 만리장성을 쌓았다니까."

"그런데 어떻게 단 하루 만에……."

"나도 이해를 못하겠어."

"말도 안 돼!"

예슬이는 중학교 1학년 교과서를 뒤적이며 공격적으로 질문을 던졌다.

"광물을 감별하는 방법들에 대해서 말해봐!"

"조흔색, 결정형, 자성, 염산 반응 등이 있어."

"인구 증감에 영향을 주는 요인은?"

"경제 수준, 종교, 국가 정책, 전쟁, 질병 등이 가장 큰 이유지."

"즐거운 봄의 작곡가, 박자, 조성은 어떻게 되지?"

"작곡가는 김성태, 사 분의 이 박자, 다장조."

"하, 다 맞았어. 모두 중학교 1학년 교과서에서 나오는 문제야. 너 혹시 천재인 거 아니야?"

난 고개를 끄덕였다.

"범인이 이런 일을 하긴 힘들 테니 천재가 맞겠지."

"어쩜 자기 입으로 저런 말을 태연하게 할까?"

"이제 내가 허튼소리 한 게 아니라는 걸 증명했으니 그만 가볼게."

멍해 있는 예슬이를 뒤로하고 가방과 교과서를 챙겨 교실을 나섰다.

"어? 정우야, 같이 가!"

그런 내 뒤를 오성이가 급하게 따라붙었다.

교실을 빠져나가는 내 귀로 예슬이의 중얼거리는 목소리가 들렸다.

"점점 더 알고 싶어지잖아."

*   *   *

집으로 돌아오니 지우의 방에서 살짝 격앙된 음성이 새어

나왔다.

"나 정말 누구 만날 생각 없다니까. 이제 그만 좀 귀찮게 해."

현관문이 여닫히는 소리를 들었는지 지우는 다급히 통화를 끝내고 밖으로 나왔다.

"오빠 왔어?"

애써 밝은 척 웃음을 머금은 지우에게 난 단도직입적으로 물었다.

"요즘 귀찮게 들러붙는 놈 있니?"

"드, 들었어?"

고개를 끄덕이자 지우가 대번에 한숨부터 내쉬었다.

"하아! 동급생인데, 연애할 생각 없다고 해도 도통 말을 안 들어."

"그놈, 어떤 놈인데?"

"글쎄. 잘 모르겠어. 딱히 교우 관계가 나쁜 것도 아니고 공부를 못하는 것도 아니야. 오히려 잘하지. 운동도 잘하고. 하고 다니는 것 보면 돈이 없는 것 같지도 않아. 그런데 여자들 사이에선 소문이 조금 안 좋아."

"무슨 소문인데?"

"쉽게 여자 만났다가 쉽게 헤어진다는 그런 거."

"그놈 절대 만나지 마. 혹시 계속 달라붙어서 귀찮게 하면 오빠한테 말하고. 당장 떨어지도록 만들어줄 테니까."

"으이그, 내 문제는 내가 알아서 할게. 흐아암! 오빠 얼굴 보니까 갑자기 졸리다."

"내가 졸리게 생겼나 보네."

"그런가? 오빠만 보면 마음이 편해져서 그런가 봐."

"아무튼 요즘 세상이 얼마나 흉흉한지 너도 잘 알지? 그러니까 늘 조심해. 겉보기에 멀쩡하다고 속까지 멀쩡한 인간이라는 법 없어."

"알았어. 그럼 난 잔다~ 오빠도 잘 자."

"그래, 잘 자렴."

지우는 기지개를 쫙 켜며 자기 방으로 다시 들어갔다.

"지우가… 이놈 저놈 들러붙을 만큼 예쁘게 자라긴 했지."

난 거실 소파에 앉아 혼잣말을 중얼거렸다.

이제 지우도 여성으로서의 매력을 풍길 나이이니만큼 독침을 감춘 벌들이 들러붙을 시기라는 건 충분히 인정한다. 오히려 그 나이가 되었는데도 남자들의 관심 한 점 못 받는 것이 더욱 안타까운 일이다.

게다가 지우가 스스로의 처신도 잘할 것이라고 믿는다.

하지만 난 이 세상을 믿지 못한다.

이미 오래전부터 미쳐 돌아가고 있는 이 세상은 상식이라는 범주를 넘어선 사건들이 도처에서 일어난다.

지금의 내 주변 상황만 봐도 그렇다.

착하고 바르게 살아오신 부모님은 매일매일 힘들다. 그러나 남을 독하게 짓밟고 올라온 사람들은 만면에 미소를 짓고서 우리 같은 인생들을 비웃는다.

학교에서는 부정이 판을 치고 있다.

성실히 학교생활 잘하는 학생이든 제멋대로 놀아나는 학생이든 돈 밝히는 선생의 입장에선 그런 게 중요하지 않다. 무조건 촌지를 더 받아먹은 학생을 예뻐하고 편애하게 된다.

그리고 사회에서는 하루가 멀다 하고 엽기적인 살인마, 잔혹한 퍽치기들이 활보하고 있었다.

그들 말고도 또 어딘가에서 무서운 범죄가 벌어질지 모르며, 이 사회를 살아가는 인간이라면 모두 똑같이 그러한 위험에 노출되어 있었다.

지우를 좋아한다는 그놈도 가슴속에 무엇을 감추고 있을지 모르는 일이다.

"조금 더 상황이 심해지면 조치를 취해야겠어."

일단은 그렇게 정리하고서 샤워를 한 뒤 내 방으로 들어왔다.

내일은 예정했던 대로 새벽엔 과수원을, 저녁에는 오성이 아버지가 입원한 병원을 방문해야 했다.

그러려면 일찍 잠들어야 하는데, 오늘은 학교에서 마나사이편을 하지 못했다.

결국 난 밤을 새우기로 했다.

침대에 바른 자세로 앉아 눈을 감고 마나사이편을 시작

했다.

대기에 고루 퍼진 청량한 마나가 내 몸 안으로 빠르게 흡수
되어졌다.

*   *   *

새벽 다섯 시.

그때쯤에야 마나사이펀을 그쳤다.

그리고 인터넷을 켜 뉴스 기사들을 검색해 봤다. 퍽치기들
에 대한 기사가 있지 않을까 해서였다.

역시나 예상대로 반신불수가 되어 병원으로 이송된 퍽치
기들의 기사가 난무하고 있었다.

여태껏 경찰은 그들을 잡지 못하고 있었다. 그들의 범행이
워낙 은밀했다기보다는 그저 운이 좋아 다른 사람 눈에 띈 적
이 단 한 번밖에 없었기 때문이다.

CCTV야 조금만 조심하면 충분히 피할 수 있다고 하지만
목격자가 있고 없고의 여부는 순전히 운이다.

한데 내게 당한 그 두 놈이 퍽치기로 밝혀졌다고 한다.

녀석들의 직접적인 범행이 CCTV에 찍힌 적은 없지만, 퍽
치기 사건이 일어난 당시 이십 분, 삼십 분 안팎으로 범행 장
소 인근을 지나가던 두 사람의 모습이 다른 CCTV에 두 건 정
도 녹화된 모양이다.

그리고 녀석들에게 당한 사람들 대부분이 중상을 입거나 그 자리에서 사망해 어느 누구에게도 증언을 들을 수 없던 와중, 한 명의 피해자가 한 달 보름 만에 기적적으로 의식을 되찾았다.

그 피해자는 경찰이 보여준 사진 속 두 사람이 가해자가 확실하다고 말했다. 그 상황에서 수사는 급진전을 보였고, 다른 여러 가지 증거들이 나오기 시작하면서 두 사람은 결국 퍽치기범으로 확정되어진 모양이다.

하지만 평생 장애를 가지고 살아야 하니 수감은 불가할 것으로 보인다.

'어차피 상관없지.'

난 녀석들을 평생 스스로의 감옥에 가두어 버린 것이다.

녀석들에겐 죽음도, 수감 생활도 너무나 가벼운 형벌이다. 남을 아프게 한 만큼 녀석들도 아파야 한다.

아무튼 경찰에서는 아직 누가 그 퍽치기들을 불구로 만들어놓았는지 밝혀내지 못해 수사 중이라고 했다. 그러나 아마 영원히 밝혀내지 못할 것이다.

대략 십여 건의 기사를 훑어본 뒤 컴퓨터를 껐다. 이후 배낭 하나를 둘러멘 채 밖으로 나왔다.

밤을 지새웠으나 전혀 피곤하지 않았다.

지금의 내 몸은 마나와 오러로 인해 강건해진 상태였기에 하루 정도 밤을 새운다고 해서 타격을 입을 건 없었다.

난 집에서 나오기 전 미리 검색해 두었던 과수원 다섯 곳 중 가장 가까운 곳부터 찾아갔다.

그곳 주인 할아버지를 만나 낙과를 사러 왔다고 하니 인터넷으로 직거래를 하는 상품을 보여주었다. 태풍에 피해를 봐 흠집이 조금 있는 배로 7.5킬로그램에 12과에서 15과 정도 담겨 있는 상자가 이만 원, 15킬로그램에 25과에서 30과 정도 담겨 있는 상자가 삼만 오천 원이라고 했다.

하지만 난 그것들에 눈길도 주지 않고 더 상처가 많아 상품 가치 자체가 없는 것을 찾았다.

나이가 육십은 족히 되어 보이는 주인 할아버지는 별 이상한 놈 다보겠단 시선으로 날 훑더니 창고 한편에 모아놓은 낙과들을 보여주었다.

그 낙과들은 정말이지 상처가 너무 많아 인터넷 직거래로도 팔 수 없는 상태였다.

태풍 피해를 입은 과수원을 살리기 위해 인심 좋은 사람들이, 혹은 싼 맛에 낙과를 사는 것도 어느 정도다. 이런 상품을 팔았다면 돌팔매질당하기 십상이다.

주인 할아버지는 그 낙과들은 친인척들 주기도 어려울 만큼 당도와 질이 떨어진다고 했다.

그렇다고 시에서 효율적인 대처 방안을 내놓는 것도 아닌지라 더더욱 힘든 입장이란다.

주인 할아버지는 말을 끝내며 어마어마하게 쌓인 낙과들

을 보고서 한숨지었다.

파는 건 둘째 치고 낙과 처리가 문제라고 한다.

'과수원을 더 둘러볼 필요도 없겠어.'

난 할아버지의 손에 현금 삼만 원을 쥐어주며 말했다.

"좋은 물건 소개해 주신 중개비라고 생각하십시오. 이 낙과, 제가 모두 가져가겠습니다."

할아버지의 휘둥그레진 눈이 나와 지폐들을 번갈아 훑었다. 그러더니 입을 활짝 벌려 크게 웃었다.

나한테 고맙다고 소리치며 어깨를 툭툭 두들겨 주는 할아버지의 손길엔 커다란 안도가 담겨 있었다.

*   *   *

난 낙과를 사고 남은 나머지 돈 오십만 원 중 이십만 원으로 탑차 한 대와 인부 한 명을 불렀다.

과수원과 우리 집이 그다지 멀지 않아 그 가격으로 절충이 가능했다.

탑차를 끌고 온 인부와 나는 화물칸에 최대한 많은 양의 낙과를 실었다.

인부는 처음에 어린놈이 싼 값으로 엄청나게 부려먹으려 든다고 툴툴댔다.

하지만 난 인부 혼자 일을 시킬 생각이 없었다. 나도 바빴다. 얼른 일을 정리하는 게 좋았기에 인부와 함께 낙과를 짐 칸으로 날랐다.

그러자 인부는 더 이상 불평을 늘어놓지 못했다. 그 사람보다 내가 십수 배는 더 일을 잘했으니까.

그렇게 낙과를 화물칸에 꽉꽉 채운 탑차는 우리 집 근처의 이름 없는 산 초입으로 향했다.

사실 산 초입부에 낙과를 모두 내려달라고 할 생각이었다.

한데 내가 산 인부가 오늘 자기가 너무 한 일이 없다며 산 속 깊이 들어가야 하면 최대한 갈 수 있는 곳까지 가주겠다고 말했다.

거절할 이유가 없으니 좋을 대로 하라고 했다.

인부는 산속의 길 없는 길을 최대한 밀고 올라갔다. 짐을 싣는 것보다 탑차를 운전하는 데 더 소질이 있는 인부였다.

그러다 더 이상 차로 오를 수 없는 장소를 마주하고 나서야 멈춰 섰다.

나와 인부는 그곳에다가 낙과를 모두 내렸다.

인부는 내게서 이십만 원을 받아 든 뒤 탑차를 몰고 돌아갔다.

"어디 보자."

주변을 둘러보았다.

트럭으로 조금 더 산을 탔을 뿐인데 벌써 산 중턱이었다.

그만큼 이 산은 높지 않았고 경사도 완만했다. 어찌 보면 차라리 조금 비탈진 언덕 위의 숲이라고 하는 게 더 나을 것도 같았다. 그런 상황이니 탑차도 올라올 수 있었던 것이다.

"숲이 울창해서 주변에 보는 눈은 없겠어. 하지만 혹시 모르니… 블락 스페이스."

난 공간 차단 마법으로 반경 십여 미터를 막아버렸다.

이제 이 안에서 벌어지는 일은 외부의 사람은 볼 수 없다.

내 시선이 흙바닥을 살폈다. 그러다 나무가 심어져 있지 않은 조금 넓은 공터를 발견했다.

망설임없이 그곳으로 손을 뻗음과 동시에 2서클 마법 디그를 시전했다.

"디그."

그것은 땅을 파는 마법이다.

내가 시전어를 외치자 땅이 푹 파이며 순식간에 거대한 구덩이가 만들어졌다.

구덩이는 사람 수십 명이 들어가 누워도 좋을 만큼 넓고 깊었다.

난 그 구덩이 안에다가 낙과를 모두 넣었다.

그리고 세 번째 마법을 시전했다.

"리테인."

그것은 보존 마법이었다.

이제 이 낙과는 지금 상태 그대로 잘 보존될 것이다. 하지만 여기서 끝이 아니었다. 구덩이 안에 들어간 낙과 중 서른

개 정도를 꺼냈다. 그리고 낙과에 마나를 주입했다.

일전에 퍽치기들의 뇌를 공격할 땐 마나를 격하게 발포시
켰었다. 그러나 낙과에 마나를 주입할 땐 천천히, 부드럽게
스며들게끔 했다.

이렇게 하면 맑은 기운의 마나가 상품 가치 없는 낙과를 다
시 살리게 된다.

마나는 대자연의 기운이다.

세상 모든 과실은 대자연의 기운을 머금어야 제대로 자란
다. 하지만 이 낙과는 태풍의 영향으로 다 여물기도 전에 땅
에 떨어져 버렸다.

난 지금 낙과들이 미처 다 받지 못한 기운을 집어넣어 주고
있는 것이다.

그러자 내 손에 들린 낙과가 여물기 시작했다. 아울러 여기
저기 파여 있던 상처에 새살이 돋아 마치 잘 익은 과일을 방
금 나무에서 딴 것 같은 착각이 들 만큼 상태가 좋아졌다.

"이 정도면 됐겠지."

마나의 주입을 멈춘 다음, 낙과에서 일등급 과일로 탈바꿈
한 배를 감상했다. 그다음 한입 크게 베어 물었다.

와직! 우물우물! 꿀꺽!

"맛있군."

배를 물자마자 달콤한 즙과 향긋한 내음이 입안에 확 퍼졌
다. 또한 과질은 무르지 않고 단단했다. 더불어 크기도 커서

그야말로 훌륭한 일등급 배가 따로 없었다.

"이거면 됐다."

선 채로 배 한 개를 단숨에 먹어치운 난 다른 열아홉 개의 배에도 마나를 주입해 일등급 배로 탈바꿈시킨 뒤 메고 있던 배낭에 담았다.

그런 다음 땅속에 묻은 배 위에 다시 흙을 덮었다.

땅을 상당히 깊게 판 데다 누구도 여기에 배를 묻는 것을 못 봤으니 훔쳐 가지는 못할 것이다.

설령 어떤 미친 작자가 땅을 판다고 해도 상품 가치 없는 배를 일부러 가져가려 하지는 않겠지.

그제야 블랙 스페이스를 해제한 난 왔던 길을 다시 되밟아 갔다.

내가 가져온 낙과는 모두 최고의 상품으로 바뀌어 적당한 목돈을 마련해 줄 것이다.

하산하는 내 발걸음이 대단히 가벼웠다.

the Archmage Returns

제9장
세상이라는 괴물

집으로 돌아오니 정오가 되었다.

"어? 오빠! 왜 거기서 들어와?"

지우는 화장실에서 나오다가 현관으로 들어서는 날 보며
놀라 물었다.

"새벽 일찍 어디 좀 갔다 왔어."

"정말? 난 간만에 늦잠 자는 줄 알고 방문도 두들기지 않았
는데."

역시 지우는 보통의 여동생들과 많이 다르다.

오빠에 대한 배려심이 크다. 이것도 다 일찍 철이 들어서
그렇겠지만.

난 그런 지우의 머리를 쓰다듬어 주었다.

"오빠 신경 써주는 건 지우밖에 없네."

지우가 눈을 꼭 감고 어깨를 살짝 위로 들어 올리며 토끼 같은 표정으로 즐거워했다.

"헤헤. 오빠, 점심은 먹었어?"

"아니, 아직."

"그럼 내가 얼른 상 차려올게."

"그래, 고마워."

지우는 종종걸음으로 부엌으로 갔다. 냉장고 문 열리는 소리, 반찬 그릇들이 상 위에 놓이는 소리, 냄비에 물을 받아 불에 올리는 소리, 그리고 밥솥 여는 소리까지 들려왔을 때,

"아!"

지우가 무얼 본 건지 놀라 신음했다.

내 몸이 저도 모르게 부엌으로 향했다.

"무슨 일이야?"

"밥이 하나도 없네? 얼른 앉혀야겠다."

지우는 옆에 있는 쌀 포대를 열었다. 그런데 그 안에 쌀이 몇 톨밖에 남아 있지 않았다.

"어? 오빠, 쌀도 다 떨어졌나 봐. 어쩌지?"

설마하니 아버지가 퇴직한 지 얼마 되지도 않았는데 쌀 살 돈이 떨어진 건 아닐 테고, 어머니께서 쌀 들여놓으시는 걸 깜빡한 모양이다.

"어쩌지? 나 쌀 살 돈 없는데."

"지우야, 아버지는?"

"아홉 시쯤엔가? 회사 나간다고 나가셨어."

"그렇구나."

아버지께서 지금 새 일자리를 구하는 건 무리일 테니 아마도 계획하시던 사업을 구체화시키기 위해서 동분서주하시는 모양이다.

하지만 무엇을 하든 간에 가장 중요한 건 기본 자금이다. 작은 가게를 하나 열려고 해도 건물을 사거나 임대할 돈이 있어야 한다.

그런데 우리 아버지와 어머니는 이미 여기저기서 대출을 받을 수 있는 만큼 다 받았다. 어디서 돈을 끌어다 쓸 형편이 안 된다. 그렇다고 사채까지 쓰시는 분들은 아니다.

하면 퇴직금이라도 많아야 할 텐데, 그 돈이 과연 얼마나 될지 의문이다.

'역시 돈은 내가 벌어야 돼.'

원래 나는 아버지가 계획하시던 고깃집에 여러 가지 마법적 아이템을 부가해서 장사가 잘되도록 하려 했다.

하지만 낙과를 사오면서부터 계획이 바뀌었다.

이것이야말로 적은 자금으로 대박을 낼 수 있는 장사였기 때문이다.

만약 내가 전생에 주식에 관심이 있었고, 아주 오래전으로 거슬러 올라 회귀했다면 크게 한탕을 노릴 수 있겠지만 지금의 상황은 그게 불가능하다.

이미 내가 아는 미래는 모두 지나왔기 때문이다.

물론 마법을 익힌 내 입장에서 돈을 쉽게 벌 수 있는 방법이야 얼마든지 있다.

불법적인 부분으로 눈을 돌리면 한 달 안에 어마어마한 부자가 되는 것도 쉬운 일이다.

하지만 그런 일엔 내가 손대기 싫었다.

합법적으로 돈을 벌어도 어쩔 수 없이 다른 이들에게 피해를 주게 된다. 돈을 끌어 모으는 사람이 있다면 잃는 사람이 있게 마련이니까.

그런데 불법적으로 돈을 번다면 그보다 수십 배의 사람이 피해를 본다. 그것은 당장 내가 많이 번 만큼 다른 사람은 잃는다는 의미를 넘어선 이치다.

마약 밀매 하나만 봐도 그렇다.

내가 판 마약 하나가 한 가정의 인생 자체를 망칠 수도 있는 노릇이다.

물론 내 사고방식이 첫째도 우리 가족, 둘째도 우리 가족, 셋째도 우리 가족이며, 우리 가족만 잘 먹고 잘살면 그만이다고는 하지만 그렇다고 남에게 무자비한 피해를 주는 건 원치 않는다.

그러지 않고도 충분히 돈 잘 벌고 살 방법이 있는데 조금 빨리 가기 위해서 나와 관계도 없는 사람들을 악의적으로 짓밟는 건 더러운 짓이다.

아무튼 지금의 난 고깃집보다 괜찮은 사업 아이템이 준비되어 있는 상황이다.

준비 자금이 많이 들지 않아 소자본 창업이 가능하며, 재료 수급을 위해 애쓸 필요도 없다.

모든 과일과 야채는 늘 그중 몇몇 개가 품귀 현상이 일어나 가격이 치솟게 마련이다. 게다가 그런 현상이 일어나는 데는 분명한 원인이 있다. 그 원인 중 대부분은 농사를 망쳤기 때문이다.

난 그 망쳐 버린 작물들만 공짜로, 혹은 헐값에 구해오면 그만이다.

'아무래도 아버지가 다른 사업을 벌이기 전에 귀띔해 드려야겠어.'

그러기 위해서는 우선 보여주는 것이 필요하다.

낙과에서 새로이 태어난 배 스물아홉 개도 그러기 위해서 가져온 것이다.

난 잠시 내려두었던 배낭 가방을 짊어졌다. 지우가 그런 날 눈 동그랗게 뜨고 바라봤다.

"오빠, 어디 가려고?"

"지우야, 오늘은 나가서 먹자."

"뭐? 우리가 돈이 어디 있어서?"

"오빠가 실은 노가다를 몇 번 뛰어서 마련해 둔 돈이 있어."

"정말이야?"

지우가 놀란 얼굴로 되물었다.

"응."

지우는 내 대답에 밝게 웃었다. 하지만 이내 고개를 저었다.

"그래도 외식은 안 할래. 차라리 쌀을 사오자, 오빠."

그리 말하는 지우가 대견하면서도 가슴이 아렸다. 조금은 철없게 행동해도 괜찮으련만.

난 어쩔 수 없이 고개를 끄덕였다.

"그래. 그럼 오빠랑 같이 마트에 가자. 가서 쌀도 사고 이것저것 요리 재료도 사자."

"요리 재료? 우리 집에 반찬 있잖아."

"오빠가 너한테 요리해 주려고 그래."

"요리? 오빠가? 진짜 요리를 한다고?"

"그래."

"와, 대박 사건."

지우가 놀랄 만도 했다. 지구에서 살던 난 요리라는 걸 한 번도 해본 적이 없었기 때문이다. 요리는 고사하고 식칼도 들어보지 않았다.

"그런데 오빠, 정말 자신있는 거야?"

"한번 믿어봐."

디프로티아 대륙에서 이즈멜로 살아갈 땐 심심찮게 이것 저것 만들어 먹었었다.

사실 내가 요리에 취미를 붙여서 그랬다기보다는 전생의 한국 음식이 너무나 그리워서 어쩔 수 없었던 것뿐이다.

말로 설명해 줘봤자 그게 무슨 요리인지 알아듣는 요리사도 없었고, 한국에서 주로 해 먹는 찌개 같은 것들에 들어가는 재료와 똑같은 것도 구하기가 힘들었다.

때문에 난 아주 간단한 김치찌개부터 손을 대기 시작했다. 그런데 이게 김치가 집에 있을 때나 간단한 거지 김치가 없으면 아주 복잡해진다.

김치부터 담가야 하기 때문이다.

어지간하면 포기했겠으나 한국의 음식이 너무 그리운 나머지 김치를 담그는 데 필요한 재료들을 구하러 다니기 시작했다. 물론 그 재료들이 무언지 확실하게 알 수 없었다.

처음엔 그냥 배추 비슷한 작물과 매운맛을 내는 포찬이라는 작물의 말린 가루, 그리고 단맛과 짠맛을 내는 조미료를 구해 김치를 만들었다.

결과는? 대실패였다. 재료도 제대로 갖춰지지 않았는데 조미료의 배합도 엉망이니 당연한 일이었다.

그렇게 이 년을 고생한 결과 겨우 김치와 비슷한 맛을 내는 음식을 만들어낼 수 있었다.

그리고 그 김치를 익힌 뒤 찌개를 끓이기 시작했다.

첫 시도는 늘 그렇듯이 실패였다. 하지만 그 역시도 포기 않고 끈기있게 도전하니 한국에서 맛보았던 김치찌개와 비슷한 맛을 찾아낼 수 있었다.

제대로 맛을 낸 김치찌개를 한 입 떠먹었을 때의 기쁨이란 말로 표현할 수가 없을 정도였다. 그때부터 요리에 재미가 붙었고, 이후엔 한국의 요리뿐만 아니라 여러 가지 다른 요리도 익혀 나가기 시작했다.

그러다 보니 절로 요리 실력이 늘었다.

뿐만 아니라 난 요리를 하며 재료에 마나를 주입했다.

마나가 들어가면 어느 재료든 싱싱해지고 최상의 맛을 뽑아내곤 했다.

때문에 지우에게 맛있는 요리를 해주겠다며 자신있게 말할 수 있는 것이다.

"그럼 외출 준비하고 있어. 오빠 잠깐만 이것 좀 돌리고 올게."

내가 배낭을 툭툭 두들겼다.

"아, 계속 궁금했는데 그 안에 뭐가 들은 거야?"

"배."

"배? 먹는 배?"

"응."

"그걸 어디다 돌리려고?"

"이웃 사람들한테."

"공짜로?"

"그래."

"왜?"

"이게 다 사업 밑천이 될 테니 지켜봐."

"사업? 오빠가 사업을 한다고?"

"그렇다니까."

"음… 뭔지는 잘 모르겠지만 너무 무리하지 마. 그러다 힘들게 막노동해서 번 돈 다 날릴라."

"알았어."

지우는 뭔가 더 말하고 싶어하는 얼굴이었지만, 그냥 자기 방으로 들어갔다.

*　　　*　　　*

"아유, 배가 아주 실하네. 그런데 정말 그냥 주는 거라구요? 요새 배 값이 장난이 아닌데. 한 개에 사오천 원씩은 할 텐데."

내가 준 배를 건네받은 아줌마가 함박웃음을 지었다.

난 지금 특등 상품으로 만든 배를 이웃집들에 돌리는 중이었다. 이번이 스물아홉 번째 집이다.

"맛보고 괜찮으시면 연락 주시죠. 근처 할인마트보다 무조건 천 원 더 싸게 팝니다."

"정말로? 아유~ 맛만 있으면 당연히 그렇게 하지! 가뜩이나 태풍 피해 때문에 요새 배 구경하기 힘든데. 실하지도 않은 것들이 값은 어찌 그리 비싼지 말도 못한다니까."

"여기 제 연락처입니다."

난 주머니에서 미리 준비해 둔 작은 메모지를 건넸다. 거기엔 내 연락처와 이름이 적혀 있었다.

"여기로 전화하면 바로 구입 가능한가요?"

"이왕이면 하루 전에 연락 주시는 것이 좋습니다."

"알았어요. 청년이 생기기도 잘생겼고 장사도 아주 잘하네. 요즘엔 이렇게 집집마다 방문하면서 자기 물건 홍보하는 사람 드문데."

"감사합니다."

칭찬은 바로 달게 받았다.

아줌마가 호호호 웃더니 집 안으로 다시 들어갔다.

오래된 구식 핸드폰을 열어 시간을 살폈다. 오후 한 시. 배를 돌리는 동안 사십 분 정도가 흘러 있었다.

배를 돌리는 데 걸린 시간보다 아줌마들의 수다를 들어주는 시간이 더 오래 걸렸다.

"지우가 기다리겠어."

얼른 집으로 돌아가니 지우는 이미 외출 준비를 마친 상태였다.

"많이 기다렸지?"

"아니. 가자, 오빠!"

지우는 내가 남자친구라도 되는 양 바짝 붙어 팔짱을 꼈다.

"나한테 이러지 말고 남자친구한테 그래야지."

"눈에 들어오는 남자도 없고, 연애에 관심도 없는걸, 뭐. 지금 내가 그럴 때도 아니잖아?"

"……"

생각해 보니 지금 지우에게 남자친구가 생긴다면 그놈의 뒤를 내가 캐고 다닐 것 같았다. 그러다 제대로 된 놈이 아니라는 판단이 서는 순간, 다시는 지우와 눈도 마주치지 못하게 만들어놓겠지.

"그럼 가자."

"응!"

우리 남매는 오래간만에 둘이서 외출했다.

마트까지는 걸어서 십오 분 정도 거리에 있었다.

학교까지 가는 거리와 비슷하지만 방향은 정반대쪽이었다.

"오빠랑 둘이 나오니까 좋다."

"응. 오빠도."

그 짧은 대화 이후로 많은 얘기가 오고가진 않았다. 하지만 그럼에도 충분히 즐거웠다.

굳이 말이 필요 없었다.

지우와 함께 숨 쉬며 이렇게 거닐 수 있다는 것만으로도 내 겐 큰 행복이었다.

'부모님도 함께였다면 더 좋았으련만.'

지금은 그럴 여건이 되지 않아도 곧 내가 그렇게 만들 것이 다.

온 가족이 화목하게, 내일 걱정 없이 마음 놓고 외출해 맛 있는 것 많이 먹고 즐거운 것들 많이 즐길 수 있는 그런 현실 을 말이다.

어느덧 우리는 마트 근처에 다다라 있었다.

그런데 저 앞에서부터 어떤 사내 녀석이 나와 지우를 자세 히 바라보며 다가오고 있었다. 녀석의 옆엔 속된 말로 발랑 까진 것처럼 생긴 소녀가 같이 있었다.

"어? 야, 하지우!"

지척까지 다가온 녀석이 지우의 이름을 불렀다. 그러자 내 게 향해 있던 지우의 시선이 녀석에게로 돌아갔다.

지우는 사내놈을 확인하자마자 인상을 굳혔다.

"정재혁."

지우가 나직이 사내의 이름을 불렀다.

정재혁? 모르는 이름이다. 하긴, 내가 지우의 일상에 그다 지 관심을 가진 편이 아니었으니 저놈뿐만 아니라 다른 친구 들도 모르는 게 당연하다.

중요한 건 지우가 재혁이를 그다지 반기지 않는다는 것이다.

재혁이는 날 아래위로 훑어보고서 피식 웃었다.

"남자친구냐?"

"아니."

지우가 짧게 대답했다. 그리고는 내 팔을 잡아끌었다.

"나 지금 바쁘니까 다음에 얘기해. 오빠, 가자."

난 지우와 함께 재혁이의 곁을 지나치려 했다. 그런데 녀석이 지우의 팔을 낚아채려 했다.

순간 내 손이 빠르게 튀어나가 재혁이의 어깨를 붙잡았다.

"악!"

재혁이라는 놈은 비명을 지르며 주춤거렸다. 재혁의 곁에 있던 여자애가 놀라서 소리쳤다.

"꺅! 재혁아!"

지우는 내 행동에 당황한 모양이지만 굳이 말리진 않았다. 난 혹시나 싶어 지우에게 물었다.

"지우야, 이 녀석이 혹시 너 귀찮게 하는 그 녀석이냐?"

"오, 오빠……."

"미안. 네가 얼마 전에 방에서 통화하는 것 들었다."

그때, 재혁이가 내게 어깨를 제압당한 와중에도 소리를 버럭버럭 질러댔다.

"야! 너, 뭐야, 이 새끼야! 지우 남친이야? 하지우! 너 고작 이딴 새끼 만난다고 내 번호 차단한 거야? 어? 이 새끼가 그러라디? 내 전화 받지 말라고?"

그러자 옆에 있던 여자애가 재혁이에게 화를 냈다.

"뭐야, 너? 지금 누구한테 질투하는 거야? 나랑 사귀는 거 아니었어? 그런데 뭐가 어쩌고 저째?"

"씨팔, 넌 그냥 심심해서 가지고 논 거고! 어차피 이삼 일 내로 끝낼라 그랬으니까 짜증나게 굴지 말고 지금 꺼져!"

"나쁜 새끼!"

여자애는 표독스레 재혁이를 노려보고서 다른 곳으로 걸어가 버렸다.

"아주 가관이군."

내 입에서 튀어나온 말이다.

재혁이라는 이놈은 썩어도 심하게 썩은 놈이었다.

놈이 여자를 재미로 만나다 장난감처럼 버리든 말든 그건 내 알 바 아니다.

그런데 다른 여자를 만나고 있으면서 내 동생에게 치근거린 건 용서할 수 없는 일이다. 내 동생이 만나기 싫다고 의사를 표명했음에도 계속 귀찮게 한 것 역시 용서할 수 없다.

그리고 무엇보다,

내 앞에서 내 동생에게 해를 가하려고 한 것은 더더욱 참을 수 없는 일이었다.

가슴속에서 화산이 폭발했다.

하지만 지우 앞에서 내 야차 같은 모습을 아직까진 보이기 싫었다. 다른 사람들이 보든 말든, 그래서 경찰에 신고가 들어가든 말든 아무런 상관이 없었다.

그렇게 된다 한들 피해를 볼 내가 아니다. 멀쩡하게 두 발로 걸어나올 자신이 있었다.

이미 3서클의 수준에 오른 난 미약한 효과이긴 하나 기억 조작 마법인 메모리 컨트롤을 시전할 수 있었다.

이 마법은 한 사람에게 단 한 번밖에 시전할 수 없지만, 그 정도만 해도 충분히 사건을 정리하고 빠져나오는 게 가능하다.

난 재혁이를 매섭게 노려보았다.

나와 시선이 마주친 녀석은 살기에 짓눌려 눈을 부릅뜨고서 움직이지 못했다.

이대로 계속 살기를 쏘아 보내도 녀석은 무너지겠지만 그 정도로는 약하다.

내 머릿속에서 3서클 환상 마법 일루전의 공식이 그려졌다. 그에 따라 왼쪽 가슴에 있는 마나가 서서히 움직였다.

난 녀석에게 극악의 공포를 보여주기로 마음먹었다.

지우가 듣지 못하도록 재혁이의 귀에 입을 대고 나직이 말했다.

"다시 한 번 내 동생을 건드린다면 이 정도로는 끝나지 않을 거다. 오늘 이건 경고에 불과하다."

그리고 시전어를 읊조렸다.

"일루전."

한 가지 더.

이놈이 끝까지 정신 못 차리고 또다시 얼쩡거릴지도 몰랐기에 지우에게 2서클 추적 마법을 시전했다.

"체이스."

이제 내가 마음만 먹으면 지우의 위치를 추적할 수 있었다.

난 재혁이의 어깨를 놓아버리고서 지우와 함께 마트로 걸어갔다.

그러자 뒤에서 재혁이의 비명 소리가 들려왔다.

"으, 으악! 으아아아아악! 끄아아아아아악!"

놀란 지우가 몸을 돌렸다.

"오, 오빠, 쟤 왜 저래?"

"널 건드리려고 했으니까."

"뭐?"

"벌 받는 거라고 생각해."

재혁이는 지금 세상에 존재하는 온갖 독충과 맹수들에게 생살이 뜯기는 환상을 보고 있을 것이다.

그 환상은 놈의 육신이 독충과 맹수에게 잘근잘근 씹어 삼켜져 모두 사라지고 난 뒤에야 끝나게 된다.

"아아악! 사, 살려줘! 살려줘어어어어!"

"구급차라도 불러야 하는 거 아니야? 상태가 너무 심각해. 오빠, 대체 뭐라고 그런 거야?"

"두 번 다시 네 곁에 알짱거리지 말라고 경고했을 뿐이야."

"겨우 그거?"

"응."

재혁이는 이제 바닥에 드러누워 눈을 까뒤집고서 게거품을 물기 시작했다. 그런 재혁이의 주변으로 사람들이 하나둘 모여들었다.

"자존심 상했다고 저 난리를 치나 보지."

"그렇다고 하기엔 너무……."

"너도 봤잖아, 지우야. 오빠가 재혁이 어깨 잡은 것 말고 무슨 짓 하던?"

"아니."

"그럼 어서 가자. 괜히 여기 오래 서 있다가 오해 받겠다."

"으, 응."

난 발작하는 재혁이를 무시하고 지우와 함께 마트 안으로 들어섰다.

＊　　　＊　　　＊

간단하게 장을 보고 나오니 이미 재혁이는 사라지고 없었다.

우리 주변을 지나가는 모든 사람들도 일상적이었다. 조금 전까지 이곳에선 아무 일도 없었던 것 같았다.

"재혁이 괜찮겠지?"

"지우야."

"응?"

"너한테 함부로 하는 녀석이었어. 그렇게 걱정해 줄 필요 없잖아."

지우는 곰곰이 생각하다가 고개를 끄덕였다.

"하긴 그래. 내가 걱정할 필요 없지, 뭐. 그보다는……."

지우가 내 어깨에 얹어진 쌀 한 포대와 반대쪽 손에 들린 비닐봉투를 바라보았다.

"오빠가 더 걱정이야. 정말 그거 들고서 집까지 갈 수 있어?"

"당연하지."

"봉투라도 나 달라니까."

"하나도 무겁지 않아. 오빠가 다 들 수 있어."

"에휴, 알았어, 그럼."

집까지 가는 동안 지우는 내가 걱정되는지 연신 쌀 포대를 흘끔거렸다.

하지만 그깟 쌀 한 포대, 내겐 아무런 부담도 되지 않았다.

집으로 돌아와 사온 것들을 부엌에다 꺼내놓고서 요리를 시작했다.

"오빠의 첫 요리니까 엄청 기대할게."

"그래."

들떠 있는 지우에게 살짝 미소 지어 보인 뒤 본격적으로 요리를 시작했다.

요리에 앞서 내가 가장 먼저 한 일은 사온 재료들에 마나를 주입시키는 것이었다.

낙과였던 배를 특상품으로 만든 것처럼 말이다.

싱싱한 재료들은 더욱 싱싱해졌고, 조금 품질이 떨어지는 재료들도 특등급으로 변했다.

지금 내가 만들려고 하는 것은 특별한 요리가 아니었다. 보통의 된장찌개였다.

뚝배기에 물을 받아 끓인 다음, 마나를 주입한 마른 멸치, 다시마를 넣었다.

그렇게 삼십 분 정도 육수를 우려낸 후에 넣었던 재료들을 채로 건졌다.

이후 된장과 고추장을 삼 대 일의 비율로 풀었다.

뚝배기에서 구수한 냄새가 일어나 코에 들어가자마자 식욕을 자극했다. 입에서는 벌써 침이 고였다.

거기에다가 느타리버섯, 팽이버섯, 애호박, 양파, 파, 두부를 썰어 넣은 다음 한 번 더 끓여냈다.

이제 오 분 정도만 있으면 된장찌개가 완성될 것이다.

난 그사이 계란 네 개를 풀어 예열된 프라이팬에 둘렀다. 그리고 참치 캔을 따 기름을 쫙 뺀 다음 살을 으깨서 익어가는 계란 위에 올렸다.

일자로 길게 올린 참치를 익어가는 계란으로 옷을 입히듯이 둘둘 말았다.

한마디로 내가 지금 하는 반찬은 계란말이 속에 참치가 들어간 참치 계란말이였다.

참치 계란말이가 완성되어 갈 때쯤 된장찌개도 적당히 끓었다.

가스렌지의 불을 끈 후 계란말이를 일정하게 잘라 접시에 담아 상으로 옮겼다. 그 옆에 된장찌개가 담긴 뚝배기를 놓았다. 주변으로는 신김치와 집 반찬 몇 개를 놓고서 밥을 두 공기 폈다.

그럭저럭 괜찮은 한 상이 차려졌다.

난 그것을 들고 거실로 향했다.

지우는 벌써부터 기대 가득한 눈으로 날 바라보고 있었다.

"와~! 오빠! 냄새 완전 좋아! 나 엄청 먹고 싶어서 죽는 줄 알았이!"

지우가 이렇게 호들갑을 떠는 게 얼마만인지 모르겠다.

나도 모르게 웃어버리고서 상을 거실 가운에 내려놓고 앉았다.

"어서 먹어봐. 맛있을 거야."

"응!"

지우가 후다닥 상으로 달려와 내 맞은편에 엉덩이를 붙였다. 그리고 숟가락을 들어 된장찌개부터 한입 맛보았다.

"와아!"

지우의 눈이 번쩍 뜨였다.

"맛있어?"

"응! 이런 말 하면 미안하지만 엄마가 만든 것보다 훨씬 맛있어!"

"어머니한텐 그런 말 하지 마. 상처 받으신다."

"헤헤, 알았어."

지우는 금세 또 된장찌개를 떠먹었다. 그리고서는 젓가락으로 참치 계란말이를 집어갔다.

밥 한 술 입에 넣고 참치 계란말이를 베어 문 지우의 눈이 다시 번쩍 뜨였다.

"오빠, 이거 진짜… 짱 맛있어!"

"그래?"

"응. 이렇게 요리 잘하는 사람이 여태껏 왜 한 번도 안 했던 거야? 아니, 그보다 요리는 언제 배운 거야?"

그 질문엔 뭐라 할 말이 없었다.

그래서 어떻게 대답해야 할까 고민하다가 내 방문을 손가락으로 가리켰다.

"내 방에 컴퓨터 있잖니."

"…근데?"

"요리를 글로 배웠어."

"……."

지우의 눈이 내 음식을 먹었을 때보다 더 크게 떠졌다.

          *   *   *

늦은 저녁.

오성이와의 약속을 지키기 위해 녀석의 아버지가 입원해 계시는 병원으로 향했다.

그런데 병원으로 가기 전에 전화가 다섯 통이나 왔다.

전부 배를 사고 싶다는 전화였다.

주문된 배는 총 쉰 개.

한 개당 삼천 원씩만 받고 팔면 공짜로 십오만 원이 생긴 다.

아직도 이곳의 경제관념보단 디프로티아 대륙에서의 경제 관념 덕분에 푼돈에도 못 미치는 액수로 느껴졌다. 그러나 그 것은 곧 수십, 수백 배가 될 터였다.

병원의 정문 앞에 도착했을 때, 또다시 핸드폰 벨이 울렸 다. 발신자를 확인하니 차인호였다.

"여보세요."

핸드폰 너머로 차인호의 반가운 목소리가 들려왔다.

—정우 군, 잘 지냈나요?

"못 지내진 않았습니다."

전화를 받으며 난 병실로 계속 걸음을 옮겼다.

—하하하! 그 말투는 여전하네. 약속한 대로 병실 직접 방

문해서 사정 확인하고 지금까지 지급해야 할 병원비와 앞으로 들어갈 병원비, 그리고 한 달 생활비까지 모두 지급했어요.

"저는 둘 중 하나만 지급해 달라 말했습니다."

—어차피 나한텐 그리 큰돈이 아니니 신경 쓰지 말아요. 어려울 땐 서로 돕고 살아야지요.

"오성이한테는 뭐라고 설명했습니까?"

—제 생명의 은인이 부탁한 바가 있어 도와드리려 한다 말했어요.

"그게 다입니까?"

—그 은인이 정우 군이라는 것도 밝혔구요.

차인호는 내 질문의 의도를 잘못 파악했다.

그냥 그렇게만 설명하면 오성이와 그의 가족이 당황해할 게 뻔했다. 하지만…….

'거기까지 내가 신경 쓸 문제는 아니지.'

친구의 일이라고 평소보다 관심을 깊이 두려 했던 모양이다.

어찌 되었든 난 오성이 가족에게 도움을 준 것이고, 오성이 가족이 당황하든 놀라든 위기를 헤쳐 나갈 수 있게 되었다면 그걸로 끝이다.

복잡다단하게 생각할 필요가 없었다.

"저도 마침 병원입니다."

─아, 그렇군요. 그럼 통화 오래 끌지 않고 이만 끊겠습니다. 앞으로도 어려운 일 있으면 종종 연락 주도록 해요.

도움을 나서서 주겠다는데 마다할 이유는 없었다.

"그러도록 하지요."

─그럼.

통화는 거기서 끊겼고, 난 육 호실 문 앞에 도착했다.

똑똑.

가볍게 노크를 하고 안으로 들어섰다.

병실은 육 인실이었다.

그중 창가 자리 침대에 오성이의 아버지가 누워 있었고, 오성이가 그 곁에 앉아 있었다.

내가 오성이 옆으로 다가가니 그제야 내 기척을 느낀 오성이가 고개를 돌렸다.

"정우야!"

오성이가 반갑게 날 불렀다.

오성이의 아버지는 링거를 꽂은 채 머리에 붕대를 두르고서 잠든 상태였다.

"아직 의식을 찾지 못하셨어?"

"응. 병원에서는 아무래도 식물인간이 될 가능성이 높다고……."

난 오성이가 앉아 있는 간이침대에 함께 걸터앉았다.

"어머니는?"

"아버지가 이렇게 되셔서 요즘엔 일 구하러 다니시느라 바빠. 주변에 아는 사람 통해서 식당 일 도와주고 푼돈이라도 받아 오시느라……."

오성이는 더 말을 잇지 못하고 울먹였다.

난 그런 오성이를 내버려 두고서 오성이 아버지의 손을 잡았다.

오성이가 그런 내 행동을 빤히 바라보았다.

난 기도하듯 눈을 감고 오러 홀의 오러를 끌어올려 오성이의 아버지 몸속으로 흘려보냈다.

그런 내 귀로 오성이의 목소리가 들려왔다.

"정우야, 뭐해? 기도해?"

"쉿."

"으, 응. 조용히 할게."

오러로 내 몸을 치유하는 것보다 타인의 몸을 치유하는 것이 더 어렵다. 때문에 정신을 집중해야 했다. 주변에서 시끄럽게 떠들면 일의 진행이 더뎌진다.

오성이 아버지의 몸으로 보낸 오러를 전신으로 넓게 퍼뜨려 흘려보냈다.

사지는 멀쩡했고 오장육부도 다친 곳은 없었다. 그저 일반인들과 비슷한 탁기가 존재할 뿐이었다.

난 오러를 끌어 모아 다시 머리로 보냈다.

'심각하군.'

역시나 머리에 많은 양의 탁기가 자리하고 있었다.

'우선은 탁기부터 정화시킨다.'

탁기는 마이너스 에너지다. 음기나 양기 같은 것이 아니라 세포를 죽이는 기운이라는 얘기다.

지금 오성이 아버지의 머리엔 그 탁기가 가득했다. 난 오러로 그것들을 모두 흡수하게끔 했다.

내 오러는 마나 트랜스 마법과 무적권의 수련으로 제법 거대해져 있었다.

때문에 이 정도의 탁기도 몇 시간 정도면 충분히 흡수할 수 있었다.

거대한 오러는 빠른 속도로 탁기를 빨아들였다.

*　　*　　*

시간의 흐름도 잊고 무아지경에 빠져 탁기를 흡수하던 난 단 한 톨의 탁기도 남아 있지 않게 되고 나서야 눈을 떴다.

탁기를 머금은 오러는 전부 내 오러 홀로 되돌아와 있었다. 이 탁기들을 자체 정화시키려면 하루는 걸릴 것이고, 그동안 난 오러를 제대로 운용할 수 없었다.

하지만 그런 건 괘념치 않았다. 오성이 아버지가 의식을 찾을 수 있다면 그걸로 되었다.

"후우우."

내가 숨을 길게 내쉬자 옆에서 졸고 있던 오성이가 놀라서 깨어났다.

"으, 응? 아, 정우야, 기도가 되게 길어지던데, 이제 끝난 거야?"

"한 번 더 해야 해."

"또?"

"시작한다."

"알았어."

오성이는 더 이상 캐묻지 않고 입을 다물었다.

이제 탁기가 사라진 머릿속을 치유해야 한다. 세포를 치유하는 건 마나의 역할이었다.

내가 맞잡고 있는 오성이 아버지의 손을 통해 1서클 정도의 마나를 흘려보냈다.

그때 오성이의 혼잣말이 들려왔다.

"근데 정우 종교가 뭐였지? 기독교? 천주교? 불교? 종교가 있긴 있었나?"

쓸데없는 추측이다.

신은 내 인생에 관여하질 않고, 나 역시 신을 섬기지 않는다. 내 인생은 오로지 나 스스로 개척할 뿐이다.

심장을 파 가는 자하드 교단의 미친 녀석들도 지금 생각해 보면 뭘 단단히 잘못 알고 있었던 것이다.

사람의 심장을 제단에 바친 다음, 그 심장을 먹으면 자하드 신의 권능이 깃든다니.

다 개소리에 헛소리다.

신은 철저한 방관자다.

지금 내가 식물인간이나 다름없는 오성이 아버지를 치료
하려는 것도 기적 따위가 아니다.

인간이 인간의 힘으로 만들어낸 현실이다.

마나는 오성이 아버지의 망가진 뇌세포들을 하나하나 감
싸 안았다. 그리고 대자연의 기운을 불어넣기 시작했다.

완전히 괴사되어 버린 세포는 되살리는 것이 불가능하다.
하지만 심하게 다친 세포는 원상 복구가 된다.

다행히도 오성이 아버지의 뇌세포 중 괴사한 것은 그리 많
지 않았다.

하지만 괴사 직전에 놓인 세포는 많았다.

마나가 그 모든 현상을 내 머릿속에서 그리듯 생생하게 전
해주었다.

'가능성은 충분하다.'

더 늦었다면 어떻게 됐을지 장담할 수 없었겠지만, 지금은
충분히 오성이 아버지의 눈을 뜨게 할 수 있다.

마나는 열심히 머릿속의 뇌세포들을 되살리고 있었다.

그렇게 다시 많은 시간이 흘렀다.

*   *   *

내가 할 수 있는 모든 일을 끝내고 나니 자정이 되어 있었다.
그제야 난 엉덩이를 털고 일어섰다.

"이제 가볼게. 너도 눈 좀 붙여라."

"아, 가려고?"

"응."

"근데 너 무슨 기도를 그렇게 오래 해?"

"기도한 거 아니야."

"그럼?"

"네 아버지를 치료한 거야."

"치료… 하다니?"

"너 내가 갑자기 강해진 게 이상하다 그랬지?"

"응."

"세상엔 자연의 기운이라는 것이 있고, 체내의 기운이 있
어."

"어? 자연의 기운이랑 체내의 기운?"

"그래. 그 자연의 기운과 체내의 기운을 인간은 충분히 다
스릴 수 있고."

"무슨 말을 하는 건지 잘 모르겠는데……."

오성이가 머리를 긁적였다.

"당연히 모르겠지. 지구에 사는 인간들 대부분이 이를 모
르고 살아가니까. 아무튼 난 어느 날부터 그 기운을 다룰 수

있게 된 거야."

"그러니까 그 자연의 기운인가 뭔가랑 체내의 기운을 다뤄서 사람이 달라졌다는 거야?"

"맞아."

"그, 그거 나한테도 가르쳐 주면 안 돼?"

"누구한테 가르친다고 배울 수 있는 게 아니야."

"그렇구나. 하긴 아무나 그런 걸 익힐 수 있으면 세상이 진작에 바뀌었겠지. 그럼 넌? 넌 어떻게 배운 건데?"

"거기까진 알 필요 없고, 아무튼 오늘 내가 네 아버지를 치료해 준 건 누구한테도 말하지 마. 알았지?"

"응, 그럴게."

오성이는 내 말을 반신반의하는 얼굴이었다.

내가 디프로티아 대륙에서 지구의 이야기를 했을 때도 친구들은 내 말을 믿지 않았다.

오성이도 내 말을 당장 믿기는 힘들 것이다.

하지만 곧 그게 거짓이 아님을 알게 되겠지. 아버지는 틀림없이 눈을 뜰 테니까.

사실 내 힘이 누군가에게 알려줘도 크게 상관은 없었다.

그러나 귀찮아지는 게 싫을 뿐이다. 의학적으로 고칠 수 없는 사람을 다른 신비한 기술로 고쳤다는 소문이 퍼져 나가는 순간 매스컴은 여기저기서 나에 대한 기사를 내려 할 테고, 그리되면 인생이 피곤해진다.

그런 건 절대 사양이었다.

"그럼 가볼게."

"아, 정우야!"

"왜?"

"저기… 낮에 태광이 아버지가 다녀가셨어."

"알고 있어."

"네가 태광이 아버지한테 은인이나 다름없다면서?"

"맞아."

"그래서… 보답을 하고 싶은데 어쩔 거냐고 물어봤더니 우리 아버지 병원비랑 우리 집 생활비를 내달라고 했다고……."

"그것도 맞다."

"나 진짜 어떡해야 하냐. 너한테 너무 고마워서. 나야말로 네가 은인이 된 기분이야."

오성이가 굵은 눈물을 뚝뚝 떨어뜨렸다.

난 그런 오성이에게 무거운 목소리로 일침을 가했다.

"울지 마라. 약한 모습 보이지 마라. 강해져라. 이 세상은 강하지 않으면 잡아먹히는 세상이야. 네가 어떻게 해야 하냐고? 한도 끝도 없이 계속해서 강해져라. 너처럼 여리게 살다가는 결국 한 푼 손에 쥐지 못하고서 비렁뱅이가 되기 십상이다."

"저, 정우야."

"앞으로 두 번 다시 내 앞에서 약한 모습 보이지 마라. 내가 친구로서 도와줄 수 있는 건 이번이 마지막이다."

오성이는 팔로 눈물을 거칠게 닦아내고서 고개를 끄덕였다.

"응, 알았어. 강해질게. 약한 모습 보이지 않을게."

"그거면 됐어."

그 말을 끝으로 병실을 나섰다.

오성이가 과연 강해질 수 있을지는 두고 볼 문제다.

하지만 적어도 귀가 막혀 있는 놈은 아니니 가능성이 보였다.

만약 이런 말을 했는데도 어리광을 부렸다면 그날부로 녀석과의 연을 끊어 버렸을 것이다.

난 약한 자를 좋아하지 않는다.

이 세상은 괴물이다.

연약한 것들을 쉴 새 없이 잡아먹는 괴물이다.

그런 괴물에게서 살아남으려면 강해져야 한다. 계속해서 저항해야 한다.

하지만 난 저항할 생각이 없다.

내가 대한민국 땅으로 다시 돌아온 이유.

그것은 그 괴물을 잡아먹기 위해서다.

the Archmage Returns

제10장

어려운 고백

"십오만 원."

오늘 아침 여덟 시부터 여덟 시 반까지 배를 판 수익금이었다.

어제 난 병원에서 돌아와 배낭을 챙겨 다시 나갔다. 그리고 숲에 묻어놓은 낙과 쉰 개를 챙겼다.

그것들에 마나를 주입해 특등품 배로 만든 뒤 주문했던 사람들에게 모두 팔았다.

단 삼십 분 동안 번 돈을 챙겨서 집으로 돌아오니 아버지와 어머니, 지우가 거실에 앉아 있었다.

어머니는 현관에서 신발을 벗는 내게 물으셨다.

"정우야, 아침부터 어디 갔다 오니? 또 운동한 거야?"

그러자 지우가 어머니께 말했다.

"오빠 요새 무슨 사업한다는데, 그것 때문에 나갔다 온 것 같아요."

"사업? 무슨 사업?"

"과일을 팔고 있어요."

내 솔직한 대답에 아버지가 의아해하셨다.

"과일을 팔다니? 무슨 일이든 시작하려면 자본금이 필요한 데 네가 무슨 돈이 있어서?"

"자본금이 필요 없는 장사입니다."

"이 녀석아, 세상에 그런 장사가 어디 있어?"

"저는 처치 곤란한 낙과만 가지고 와서 팔거든요."

"낙과? 아니, 그걸 누가 산다고? 혹시 상처 몇 개 없는 그런 낙과 주워다 헐값에 파는 거냐?"

"아니오. 낙과를 좋은 상품으로 만들어서 적당한 값에 팔 아요."

부자간의 대화에 어머니가 끼어드셨다.

"정우야, 엄마는 네 말을 들으면 들을수록 점점 더 이해가 안 간다. 낙과가 좋아봤자 낙과지, 그걸 어떻게 좋은 상품으 로 만드니?"

난 이것을 어찌 설명할까 고민하다가 그냥 진실을 말하기 로 했다.

사실 회귀를 한 이후부터 지금까지 속이 마냥 편하지만은 않았다. 가족들에게 커다란 비밀을 숨기고 있어야 했기 때문이다.

마음을 먹자마자 내 입이 감춰왔던 것들을 토로하기 시작했다.

"어머니, 아버지, 그리고 지우야, 지금까지 제가 말씀 못 드린 것이 있습니다."

"얘 말투가 또 갑자기 드라마틱해지네?"

어머니가 눈을 끔뻑거리셨다. 아버지도 그에 동조하셨다.

"그러게. 나랑 얘기 하다가 난데없이 그게 무슨 말이야?"

"엄마, 아빠, 왜 타박해? 난 궁금한데. 오빠, 진지하게 들어줄 테니까 어서 말해봐. 뭔데?"

난 가족들의 면면을 슬쩍 훑었다.

부모님은 얼굴엔 근심이, 지우의 얼굴엔 호기심이 가득했다. 그런 가족들의 표정을 보며 잠시 생각에 잠겼다.

왜 내가 한 번의 환생과 회귀를 경험했다는 걸 숨기려 들었던가. 아마도 가족들이 그 말을 믿을 리 없단 우려 때문이었을 것이다.

하지만 믿어줄지 믿지 않을지는 직접 말해보기 전까진 모르는 일이다.

어떠한 상황 앞에서도 늘 당당히 부딪쳐 나갔던 나다. 정공법으로 뚫고 나가는 것이 내 성미다. 우회적으로 돌아 나가는 것은 어울리지 않는다.

나는 몇 달간 감추고 있던 비밀을 드디어 털어놓기로 했다.

"사실 저는 이 세상에서 한 번 죽은 몸입니다. 하지만 마법이라는 문명이 발달한 다른 세계에서 지구의 전생의 기억을 갖고 살다가 다시 이곳으로 돌아온 것입니다."

"……."

"……."

"……."

세 사람이 약속이라도 한 듯 동시에 입을 쩍 벌리고서 아무런 말이 없었다.

"저, 정우야, 너 괜찮니?"

"이놈, 요 몇 달 갑자기 이상해 뵈더니 완전히 맛이 간 거 아니야?"

"오빠, 어젯밤도 또 이상한 꿈 꿨어?"

역시 백문이 불여일견.

말보다는 직접 증거를 보여주는 것이 확실한 방법이다.

"제가 마법 문명이 발달한 다른 세계에서 살다가 왔다고 했지요? 제 손을 잘 보십시오."

난 오른손을 쫙 펴서 내밀었다.

가족들의 시선이 일제히 내 손으로 몰렸다.

"파이어."

1서클 화염 마법의 시전어를 외치자 손 앞에서 주먹만 한

불덩어리가 나타났다.

화르륵!

그 광경에 가족들은 기겁했다.

"어머나!"

"뭐, 뭐야?"

"부, 불이야!"

차례대로 어머니, 아버지, 지우의 반응이다.

"오빠! 그거 어떻게 한 거야? 마술이야?"

"아니. 이건 마법이야. 난 마술 같은 건 몰라."

손 앞에서 일렁이던 불꽃을 없애 버리고서 다른 마법을 시전했다.

"라이트."

이번엔 허공에 밝은 빛 덩어리가 나타났다.

가족들은 귀신에 홀린 듯한 얼굴이 되었다.

"아니, 이게 대체⋯⋯."

아버지가 말을 하다 말고 되삼켰다. 그리고 한참 동안 침묵이 이어졌다. 다들 방금 일어난 일을 도저히 믿지 못하겠다는 얼굴이다.

"믿기 힘드시겠지만, 제가 하는 말은 거짓말이 아닙니다. 지금부터 저한테 일어났던 일들에 대해 말씀해 드리겠습니다."

난 지구에서 부모님이 돌아가시고 난 이후부터 겪었던 일을 시작으로 디프로티아 대륙에서의 삶과 다시 여기로 돌아오기까지 일련의 과정들을 죽 열거했다.

　내 얘기를 모두 듣고 난 가족들은 거의 반 패닉 상태에 빠졌다.

　어머니는 이유 모를 눈물까지 흘리고 계셨다.

　"정우야, 내 아들, 정말 괜찮은 거니? 괜찮은 거야?"

　"괜찮습니다, 어머니. 아무렇지도 않아요. 머리를 다친 것도 아니고, 꿈에서 본 걸 현실이라 믿고서 말하는 것도 아닙니다. 제가 말한 모든 건 사실이에요."

　그러자 아버지께서 끼어드셨다.

　"정우야, 지금 이천십삼 년이다. 나도 세상에 말로 설명할 수 없는 그런 현상들이 많다는 건 충분이 이해하고 인정한다. 그래서 초자연현상이니 귀신이니, 혹은 외계인이니 하는 얘기들이 끊임없이 나오는 것이겠지. 하지만 네 얘기는 그 범주를 벗어나도 너무 벗어나는구나."

　난 자리에서 일어나 부엌으로 향했다.

　냉장고를 열어보니 보관한 지 오래되어 물러 버린 사과가 보였다. 그것을 들고 다시 가족들 앞으로 와 앉았다.

　"잘 보세요. 지금부터 여기에다가 제가 말했던 마나라는 것을 주입하겠습니다."

　말을 마치자마자 심장의 마나를 운용해서 사과 안에 흘려보냈다. 그러자 사과는 방금 나무에서 따낸 듯 탱글탱글하게 변했다.

"어머! 엄마! 아빠! 방금 봤어? 사과가… 싱싱해졌어."

"허어, 이것 참."

여전히 가족들은 혼란스러운 모양이다.

난 가장 심란해하는 어머니의 손을 꼭 잡았다.

"어머니, 이건 무서워하거나 두려워할 일이 아니에요. 물론 제가 다른 사람들과 다르다는 것, 평범하지 않다는 것에는 많이 놀라실 수 있겠죠. 그러나 제가 이런 능력을 가지고 있음으로 인해서 과연 우리 가족한테 해가 될까요? 아닙니다. 분명히 도움이 될 겁니다."

"정우야……."

"어머니, 일 년 전부터 허리가 조금 안 좋으셨죠?"

"그건 갑자기 왜……?"

어머니의 물음에 대답하는 대신 오러를 움직여 맞잡은 손을 통해 흘려보냈다. 오러는 어머니의 허리에 쌓인 탁기를 모두 흡수해서 내 안으로 돌아왔다.

이번에는 마나를 보내서 생기를 잃어가던 세포에 활력을 불어넣었다.

어머니께서 어디 병이 난 게 아니라 단지 세포가 늙어버린 것이었기에 그 작업은 시간을 오래 잡아먹지 않았다.

"한번 앉았다 일어나 보시겠어요?"

어머니는 얘가 왜 이러나 싶은 표정을 지으면서도 순순히 내가 말한 대로 따랐다. 당연히 허리가 아플 거라 생각하셨는

지 버릇처럼 한 손으로 바닥을 짚고 일어나려다가 고개를 갸
웃거렸다.

그리더니 벌떡 일어나서는 눈을 크게 떴다.

"어머?"

"당신, 왜 그래?"

아버지가 궁금해서 물었지만 어머니는 말없이 다시 앉았
다. 그리고 다시 일어났다가 도로 앉았다.

"여보, 허리가 아프지 않아요."

"그게 정말이야?"

"네. 거짓말처럼 아무렇지도 않아요."

"허허!"

아버지는 기가 막히는 모양이다.

설명을 요구하는 가족들의 시선이 내게로 몰렸다.

"아까 말씀드린 오러라는 것과 마나라는 것으로 어머니의
허리를 잠시나마 건강하게 만든 겁니다. 물론 당장은 영구적
이진 않아요. 하지만 지속적으로 저한테 석 달 정도 치료를
받으면 말끔하게 나으실 겁니다."

"정우야, 이게 정말 꿈은 아닌 거지?"

어머니가 얼떨떨하게 말했다.

"네. 꿈이 아닙니다. 저는 사실만을 말했고, 진실된 것만
보여 드리고 체험하게 해드렸습니다."

아버지가 한 손으로 이마를 짚더니 끙! 하며 앓는 소리를

냈다. 그리고서는 천천히 상황을 정리하기 시작했다.

"네 말이 사실이라면… 그래, 갑자기 네가 변한 것도, 몇 달 전 아침에 일어나더니 울며불며 우리한테 잘하겠다고 소리친 것도 모두 이해가 간다. 하지만 우리는 평범하게 살아온 사람들이다. 네 말을 진실로 받아들이려면 시간이 제법 필요할 것 같구나."

"상관없어요. 언제든 제 말을 믿어주시기만 하면 됩니다."

그러자 신기한 듯 허리를 어루만지고 있던 어머니가 한마디 거들었다.

"그럼 네가 낙과를 특등품으로 만들어 팔겠다는 것도 아까 무른 사과를 마나인가 뭔가로 생생하게 바꾼 것처럼… 그렇게 해서 팔겠다는 거니?"

"맞아요."

"진짜 짱이다. 완전 완전 대박 사건."

넋 나간 얼굴로 중얼거리던 지우가 돌연 눈꼬리를 치켜 올리고서 날 쏘아봤다.

"오빠!"

"응?"

"오빠, 전생에서는 날 짐으로 생각했다 그랬지?"

"그랬지."

"그러다가 힘든 생활에 지쳐 상심에 빠진 내가 자살까지 했다고?"

"그래."

"백 퍼센트 그 말을 믿는 건 아니지만, 만약 사실이라면 너무했던 거 아니야?"

"너무했지. 정말 너무했어. 그래서 이제부턴 그러지 않을 거야. 오빠는 우리 가족들을 끝까지 지킬 거다."

내가 단호하게 말하자 아버지의 두꺼운 손이 내 어깨를 툭툭 두들겼다.

"그래, 그래. 네 마음 잘 알겠다. 그리고 지금 우리가 평범한 상황에 놓인 것이 아니라는 것도 알겠다. 하지만 말이다, 정우야. 어찌 되었든 너는 나랑 엄마의 아들이고 지우의 오빠라는 사실엔 변함이 없는 것 아니냐."

"네, 아버지."

"그럼 되었다. 혼란스러운 것은 서로 살 맞대고 살다 보면 절로 정리되겠지."

"이해해 주셔서 감사합니다."

아버지가 눈물을 훔치는 어머니한테 핀잔을 주었다.

"당신, 계속 울고 있을 거야?"

"아니요. 아니에요. 너무 놀라서 그런 거예요. 이제 괜찮아요."

"그래, 엄마. 솔직히 오빠가 한 말이 어디 영화나 소설 속에서나 나올 법한 얘기지만, 지금까지 보여준 걸로 봐서 거짓말은 아니잖아. 그럼 이런저런 걱정 하지 말고 우리한테 좋은 쪽으로 이용하면 되잖아."

지우가 분위기를 전환하려는 듯 장난스럽게 말했다. 엄마가 그런 지우의 등을 찰싹 때렸다.

"아야! 왜 때려!"

"너는 동생이 돼서 오빠한테 말버릇이 그게 뭐야. 이용한다니."

"장난친 거잖아. 엄마도 참."

"둘 다 부산떨지 마. 가뜩이나 정신없는데."

아버지의 한마디에 어머니와 지우가 당장 입을 닫았다.

"아무튼 정우 얘기가 당장 받아들이기 어려운 면이 많지만, 사실인 건 확실하니 머리 아픈 것들은 모두 덮어두자고. 일단 현실을 보자면, 정우가 시작한 사업은 확실히 전망이 괜찮아. 적은 투자비용으로 이득을 많이 낼 수 있으니까."

"그건 그렇죠."

어머니가 수긍하며 고개를 끄덕였다.

"뭐, 이왕 가족끼리 터놓고 이야기하는 분위기가 된 거, 나도 할 말이 있어, 여보. 사실… 얼마 전부터 실직자가 되었지 뭐요."

아버지는 우리가 제법 놀랄 것이라 생각한 모양이다. 하지만 나는 이미 알고 있었고 지우도 어느 정도 눈치를 챈 상황이었다.

아버지가 사업 구상하신답시고 몇 자 끼적거린 종이를 봤기 때문이다. 한데 어머니도 그다지 놀라는 눈치가 아니었다.

그에 아버지는 볼을 긁적였다.

"다들 반응이 왜 이래? 다 알고 있었던 것처럼."

"아빠, 나랑 오빠는 그 종이 봤어."

"무슨 종이?"

"사업 구상 계획 같은 거 적어놓았던 것."

"뭐? 그걸 내가… 다 안 치웠나?"

"소파 밑에 한 장 떨어져 있던데?"

"아이고, 한 장이 빠졌었구나. 그럼 당신은? 당신도 그 종이 본 거야?"

"아니오. 제가 당신이랑 살 붙이고 산 세월이 얼만데요. 그냥 눈칫밥으로 알았죠."

"허! 나 참. 모두 알고 있었으면서 모르는 척 호박씨 깐 거라 이거지? 이거 가장한테 이래도 돼?"

아버지가 투정부리듯 그렇게 말하자 지우가 큭! 하고 웃었다.

그에 어머니도 입을 가리고 키득댔다. 나 역시 미미한 미소를 머금었다.

아버지는 그런 우리의 면면을 보더니 입맛을 다셨다.

"쩝. 아무튼 그래서 요식업이나 한번 해볼까 했는데, 그게 자금 끌어 모을 데가 없더라고. 해서 어째야 하나 고민하는 중이었는데 정우의 말을 들으니 해결책이 보이네."

"그러게요. 정말 다행이지 뭐에요."

"당신은 조금 전까지 정우가 이상해진 거 아닌가 싶어서 정신 놓으려 하더니 이제 괜찮은 거야?"

"에휴. 그 일을 직접 겪은 정우가 더 힘들었지, 들은 우리가 더 힘들었을까요? 뭐… 아직까지도 긴가민가 싶지만, 부모가 자식 안 믿어주면 세상 누가 믿어주겠어요?"

그 말을 듣고 난 아버지의 입가에 비로소 미소가 맺혔다.

"그래, 그게 가족이지. 아무튼 이 얘기는 이제 여기서 끝! 아침 식사 잘 하다가 저 녀석이 쌩뚱 맞은 타이밍에 이상한 말을 꺼내는 바람에. 후루룩. 에이그, 국 다 식었네."

"다시 데워올게요."

"놔둬. 그냥 먹는다고 죽나? 자, 다들 마저 들자고."

"네!"

지우가 씩씩하게 대답하고서 다시 식사를 이어나갔다. 그에 따라 자연스레 나머지 가족 모두 수저를 들었다.

더 이상 무겁고 삭막한 분위기는 아침상 주변에 감돌지 않았다.

그러한 가족들의 따스한 배려에 가슴이 따뜻해졌다. 비로소 무거운 짐을 내려놓은 기분이 들었다.

*   *   *

밤 열 시.

아침을 먹은 이후부터 중학교 2학년 교과서를 공부해 나간 결과 전 과목을 완벽히 마스터할 수 있었다.

"역시 기초가 중요하군."

중학교 1학년 과정을 떼고서 2학년 과정을 공부하니 모든 내용이 머릿속에 쉽게 들어왔다.

온종일 의자에만 앉아 있었더니 몸이 조금 찌뿌드드해 기지개를 켜며 방문을 바라봤다.

살짝 열린 방문 틈새로 날 지켜보는 가족들의 얼굴이 보였다.

오늘 내가 사실을 말한 이후로 툭하면 저렇게 날 지켜본다. 하지만 그게 거슬리는 건 아니다. 누가 날 감시한다고 해서 할 일을 못하는 성격은 아니니까.

"이제 공부 끝난 건가?"

"그런 것 같네요."

"근데 중학교 2학년 교과서만 내리 보는 것 같던데?"

"그러게요."

"내가 아까 들었는데, 오빠 오늘 하루 동안에 중학교 2학년 과정 다 마스터할 거라 그랬어."

"진짜? 그럼 책상에 쌓여 있는 저 교과서를 단 하루 만에 다 읽었단 말이야?"

아버지의 물음에 누구도 대답하지 못했다. 그래서 내가 대답했다.

"네, 다 읽었습니다."

"어, 어험! 정우야, 너 귀가 참 밝구나."

"아빠, 오빠 귀가 밝은 게 아니라 우리가 대놓고 떠든 거야."

"그, 그랬나?"

"그랬지!"

"아버지, 어머니, 공부를 끝냈으니 이제부터 마나를 키울 예정입니다. 계속 지켜보셔도 상관없으니 편하신 대로 하세요."

"응? 아니야, 정우야. 우리도 얼른 자야 내일 일 나가지."

어머니의 말에 아버지가 시간을 보더니 과장되게 반응했다.

"아차차! 벌써 시간이 이렇게 됐어? 그만 자자고. 지우 너도 네 방 들어가서 자."

"하아암~ 안 그래도 그럴 참이었어요. 오빠, 고생해~"

"그래. 아버지, 어머니, 안녕히 주무세요."

"그래, 정우야. 너무 무리하지 말고."

"네."

어머니는 방긋 웃고서 내 방문을 닫았다.

난 본격적으로 마나사이펀을 시작하려 했다. 그런데 핸드폰이 울렸다. 오성이에게서 온 전화였다.

"여보세요."

전화를 받자 오성이의 푹 젖은 목소리가 들려왔다.

─저, 정우야.

"말해."

—아, 아버지가… 아버지가 눈을 떴어. 흐으윽! 아버지가 눈을 뜨셨어!

"그래, 그리될 거라고 말했잖아."

—정우야, 진짜 고마워. 정말 고마워. 의사 선생님도 기적이라고… 기적이 일어났다고 말씀하셨어. 모두 다 네 덕분이야. 정말 고마워, 정우야. 흐어어어어어엉!

"울지 마. 그리고 세상에 기적이라는 건 없어. 모두 다 인간이 만들어내는 거야."

—흐어어어어어어엉!

오성이는 펑펑 울었고, 난 그 울음을 한동안 들어주었다.

*   *   *

다음날.

새벽부터 일어나 숲으로 향했다.

어제 공부를 하는 와중에 배를 주문하는 전화와 문자가 빗발쳤기 때문이다. 배를 주문한 집은 총 열일곱 집, 배달해야 할 배의 개수는 백스물다섯 개다.

배낭에 모두 담기엔 무리가 있는 양이었다.

"아티팩트를 만들어야겠군."

마법사들은 3서클에 이르면서부터 아공간을 만들어낼 수

있었다. 하지만 3서클 마법사가 만들어내는 아공간은 참으로
비좁다. 끽해야 가로세로의 폭과 높이가 삼 미터밖에 안 된
다. 하지만 배를 담아 나르기엔 충분했다.

난 배낭에다 마법진을 그리고 아공간 마법 오버 스페이스
를 인챈트 시키기 위해 룬 문자와 마법 공식을 덧입혔다.

그러자 주변의 마나가 절로 마법진으로 스며들어 갔다. 마
법진에서 환한 빛이 뿜어져 나왔다.

잠시 후, 빛이 사라지며 마법진도 함께 사라졌다.

배낭 속을 들여다보았다.

어두운 암흑의 공간이 보였다. 손을 집어넣으니 안이 휑했
다. 마법진이 제대로 인챈트 되었다.

"좋군."

배낭을 메고서 배를 묻어놓은 숲으로 향했다.

그리고 백스물다섯 개의 배를 모두 배낭에 쑤셔 넣은 뒤 집
으로 돌아왔다. 내 방에서 배낭을 거꾸로 든 채 탈탈 터니 좋
지 않은 상태의 배들이 우르르 쏟아졌다.

난 그 배 하나하나에 마나를 주입시켜 특등품으로 탈바꿈
시킨 뒤 배낭에 다시 집어넣었다.

그리고 주문한 집을 일일이 찾아 배를 건네주었다.

모든 배를 팔고 나니 어느덧 일곱 시 반이 되어 있었다. 딱
한 시간이 걸렸다. 그동안 번 돈은 정확히 삼십칠만 오천 원
이었다. 어제 배를 판 돈 십오만 원을 합하면 이틀간 오십이

만 오천 원을 번 것이 된다.

"아무래도 내일 새벽엔 과수원을 한 번 더 갔다 와야겠어."

내가 파는 배에 대한 소문이 생각했던 것보다 더 빨리 퍼지고 있었다. 이런 속도로 가면 준비해 놓은 낙과가 금방 팔릴 것이다. 게다가 얼마 후면 추석이다.

대한민국의 차례 상에 배가 빠질 수는 없는 노릇.

추석이 되기도 전에 물량이 다 팔려 버리면 정작 대목을 놓치게 된다. 낙과들을 이런저런 방법으로 처분하기 전에 빨리 물량을 확보해야 한다.

이번에는 2.5톤 냉동 탑차의 짐칸을 꽉꽉 채워서 올 생각이다.

배를 팔고 돌아오니 지우는 벌써 학교 갈 준비를 마친 상태였다.

난 지우와 함께 등교했다.

학교에 도착하니 제일 먼저 예슬이가 내게 다가왔다.

"휴일에 공부 열심히 했어?"

"응."

"설마 또 중학교 2학년 과정을 모두 마스터했다고 말하려는 건 아니지?"

"마스터했어."

"지, 진짜로?"

"거짓말 같으면 물어보든가."

난 학교에다가 폐지 처분할 요량으로 가져온 중학교 2학년 교과서를 책상에 턱 올렸다.

예슬이는 그 교과서들을 들고서 이것저것 질문을 던졌다. 당연한 얘기지만 난 막힘없이 대답했다.

"뭐야, 진짜. 말도 안 돼. 괴물이야, 괴물."

"테스트 끝났으면 자리로 돌아가지?"

"치, 말 좀 예쁘게 하면 안 돼?"

"최대한 곱게 한 거야."

"흥, 알았어. 아무튼 삼 일 후에 다시 테스트할 거야. 그때는 이렇게 대충 안 넘어가. 한 시간 동안 어려운 것들만 집중적으로 골라서 물어볼 테니까 그리 알아."

"좋을 대로."

예슬이는 뭐가 그리 기분 나쁜지 날 쏘아보고서는 자기 자리로 돌아갔다.

그제야 내 옆에 있던 오성이가 아침 인사를 건넸다.

"정우야, 안녕~"

"아버지는 퇴원하셨어?"

"아니. 일주일 정도 더 요양해야 한대. 아버지가 너한테 고맙다고 말 전해달래. 아, 오해하지 마. 네가 치료해 줬단 말은 안 했어. 돈 문제 해결해 줘서 고맙다고 하신 거야. 언제 한번 집에 놀러 오라고 하셨어."

"그러도록 할게."

"응!"

오성이는 밝게 대답했다.

녀석의 얼굴엔 어두운 그늘이 모두 사라져 있었다. 웃는 모습이 보기 좋았다.

"정우야!"

그때 태광이가 날 불렀다.

"네가 맡겨놓은 교과서 어떻게 할까? 뭐 필요한 거 있으면 갖다 줄게. 말해."

참으로 맘에 드는 태도였다.

"중학교 3학년 교과서 다 가지고 와."

"오케이!"

태광이는 진우와 재철이에게 시켜서 교과서를 가지고 오도록 했다. 그리고는 두말없이 자기 자리로 돌아갔다.

이제는 미친개도 날 건드리지 않고, 태광이 패거리도 내 말을 잘 듣는다.

학교생활이 갈수록 편해지고 있었다.

*　　*　　*

고등학교 2학년들은 3학년보다 야자가 일찍 끝난다.

지우는 늘 그렇듯이 학교가 끝나자마자 혼자서 집으로 향하고 있었다.

그런 지우의 뒤를 누군가가 쫓고 있었다.

그는 재혁이었다.

지우는 이런 사실도 모른 채 열심히 집을 향해 걷는 중이었다. 그러다 지우가 인적 드문 골목에 도착했을 때,

재혁이 뒤에서 지우를 불렀다.

"야, 하지우."

갑자기 소름이 끼치는 것을 느끼며 지우가 뒤를 돌아보았다.

그녀의 앞엔 재혁이 비릿한 미소를 머금고 서 있었다.

'뭐야, 정말?'

오늘 하루 종일 교실에서 재혁이 자신을 쳐다보았기에 영 찜찜했던 지우다. 그런데 이제는 미행까지 당했다. 기분이 확 나빠질 수밖에 없었다.

"너 왜 그래?"

지우의 신경질적인 물음에 재혁이 능글거리며 다가왔다.

"뭐가?"

"왜 쫓아왔냐고."

"물어볼 게 좀 있어서."

"뭐가 궁금한데?"

"너네 오빠 말이야. 무슨 최면술 같은 거 익혔냐?"

"뭐?"

"내가 그저께 너네 오빠 때문에 고생을 좀 많이 했거든. 당하긴 된통 당했는데, 직접적으로 가해를 한 증거가 없으니 고

소도 못하겠고, 억울해 죽겠는 거야. 별의별 잡스러운 것들이 내 몸을 뜯어 먹어서 똥오줌 다 지리고 이젠 죽었구나 했더니, 정신 차려보니깐 병원이더라. 내 몸은 아무 이상 없이 멀쩡했고. 하, 진짜 지랄 같았지. 지금도 그때만 생각하면 구역질부터 올라와. 알아?'

지우는 전 같으면 이 녀석이 무슨 헛소리를 하나 생각했을 것이다. 그러나 이제 지우는 정우의 비밀을 알고 있었다.

'그날 오빠는 분명히 재혁이한테 마법 같은 걸 걸었을 거야.'

당시에는 재혁이 왜 저러나 싶었는데, 지금에 와서는 모든 상황이 이해가 되었다.

하지만 재혁에게 그런 사실을 말할 수는 없었다.

"그래서 어쩌자는 건데?"

그때 재혁이 뒤에서 일행이 아닌 척 멀찍이 떨어져 걷던 사내 두 명이 가까이 다가왔다.

그들은 평소에 재혁과 못된 짓을 일삼고 다니는 자퇴생들로 멀대같이 키가 큰 녀석의 이름은 장호인, 키가 작고 땅딸한 녀석의 이름은 김민철이었다.

두 놈은 재혁을 지나치는 척하면서 지우의 양팔을 잡으려 했다. 지우는 순간적으로 이상한 낌새를 눈치채고 몸부림치며 뒤로 물러났다.

그리고 핸드폰을 꺼내 단축 번호 일번을 눌렀다.

거기엔 정우의 전화번호가 저장되어 있었다.

지금의 지우는 정우를 절대적으로 믿었다. 절체절명의 위기 상황이었지만 오빠만 온다면 모든 것이 해결될 것 같았다. 그러나 신호음이 울리는 순간, 두 명의 사내가 다시 지우에게 달려들었다.

호인이 지우의 핸드폰을 빼앗아 전원을 껐고, 민철은 지우의 양팔을 잡았다.

"꺅! 이거… 흡!"

핸드폰을 바닥에 던져 버린 호인이 지우의 입을 틀어막았다.

재혁은 얼른 주변을 둘러보았다. 다행히 지나가는 사람은 없었다.

"아, 미안. 내가 친구들이랑 같이 왔다는 말 안 했지? 얘들이 여자 맛본 지 오래됐다고 해서 말야. 너랑 놀게 해주려고 데려왔어. 크큭."

기절초풍할 만한 얘기를 아무렇지도 않게 내뱉고서 웃어 버리는 재혁의 모습이 지우의 눈에는 악마처럼 보였다.

놀란 지우의 눈에서 눈물이 흘러내렸다.

그녀의 가슴이 쿵쾅거리며 뛰었다. 머릿속에서 엄청난 위기 상황임을 직감하자 몸이 반응한 것이다. 그때, 지우의 핸드폰에 인챈트 되어 있던 마법이 시전되었다.

번쩍!

갑자기 작은 스파크가 튀어나와 지우의 입을 막고 있던 호인에게 작렬했다.

파지지직!

"끄어어어어어!"

호인은 전기 충격기에 당한 사람처럼 몸을 바들바들 떨다가 힘없이 픽 쓰러졌다.

그에 재혁과 민철의 눈이 휘둥그레졌다.

"야, 야! 저 새끼 왜 저래?"

재혁의 물음에 민철이 고개를 저었다.

"모, 몰라! 갑자기 핸드폰에서 뭐가 번쩍하더니 쓰러졌어!"

"뭐? 그게 말이 돼?"

"너도 봤잖아, 새꺄! 번쩍하는 거!"

간혹 가다 열을 받은 핸드폰이 폭발한다는 얘기는 들은 적 있긴 하다. 그러나 바닥에 널브러진 핸드폰은 배터리만 분리되었을 뿐 멀쩡해 보였다.

"어, 어쩌지?"

"어쩌긴 뭘 어째! 저년 입이나 잘 막아!"

민철은 재혁이 시킨 대로 다급히 지우의 입을 틀어막았다. 지우는 핸드폰에서 무언가가 튀어나가 호인을 기절시킨 것도 오빠의 마법 덕분이라고 생각했다.

하지만 상황이 너무 안 좋았다.

재혁 한 명이 일을 벌였다면 충분히 위기를 넘길 수 있겠지만 지금은 셋 중 호인만 쓰러졌을 뿐이다.

재혁은 호인을 마구 흔들었다. 그러자 호인이 겨우 정신을 차리고서 몸을 일으켰다.

"으으."

"야, 괜찮냐?"

"씨팔! 뭐야, 이거?"

"이 새끼 죽은 줄 알고 존나 쫄았잖아."

머리를 이리저리 흔들어댄 호인이 지우를 죽일 듯 노려보았다.

"이 썅년이 무슨 개짓거리를 한 거야!"

호인이 지우의 코앞까지 다가갔다. 그리고 지우의 뺨을 향해 주먹을 휘둘렀다. 그러나 지우는 이를 피할 수 없었다. 그저 눈을 감는 것이 그녀가 할 수 있는 전부였다.

그런데,

턱.

호인의 주먹이 지우의 뺨에 닿기도 전에 멈췄다.

지우는 아무런 충격이 오지 않자 천천히 눈을 떴다. 순간 지우는 자기의 눈을 의심했다.

그녀의 앞에는 정우가 호인의 주먹을 한 손으로 막고 서 있었다.

정우의 반대쪽 손엔 핸드폰이 들려 있었다.

지우의 전화가 오자마자 끊기자 불안함을 느낀 정우는 체이스 마법을 시전해 지우의 위치를 추적해서 바로 달려왔던 것이다.

"지우야, 괜찮니?"

지우가 눈물을 펑펑 흘리며 고개를 끄덕였다.

"너, 뭐야, 새끼야!"

호인이 정우에게 소리쳤다.

정우가 그런 호인의 얼굴을 주먹으로 가격했다.

퍽!

"컥!"

단 일격에 호인의 코뼈가 주저앉았다. 녀석은 코피를 줄줄 흘리며 뒤로 벌렁 나가떨어졌다.

정우는 거기서 멈추지 않고 민철의 옆구리에 일격을 가했다.

뻑!

"으악!"

지우를 잡고 있던 민철의 손에 힘이 빠졌다. 정우는 지우의 몸을 끌어안아 자기 쪽으로 당기면서 민철의 머리채를 틀어 쥐었다.

"큭!"

그리고 민철의 얼굴을 돌담 벽에다가 밀어붙였다.

쾅!

"크억!"

민철의 이마가 깨지며 피가 줄줄 흘러내렸다.

정우는 그런 민철의 정강이를 걷어찼다.

퍽!

"으윽!"

민철이 중심을 잃고서 앞으로 고꾸라졌다.

털썩!

민철의 전신에서 끔찍한 고통이 밀려들었다. 하나 정우는 다시 민철의 머리채를 잡고서 콘크리트 바닥에다 내려찍었다.

쾅!

한 번 더.

쾅!

다시 한 번 더.

쾅!

"끄으으……."

민철은 거의 기절 직전에 놓여 있었다.

정우는 그런 민철의 얼굴을 발로 짓밟고서 재혁과 호인을 노려보았다.

그리고 나직이 말했다.

"누구부터 죽여줄까?"

『현대 귀환 마법사』 2권에 계속…

이제부터
전자책은
이젠북

www.ezenbook.co.kr

세상을 보는 또 하나의 창!
이젠북(ezenbook)!
지금 클릭하세요!

검색창에 이젠북 을 쳐보세요! ▾ 🔍

NOMEN

노멘

이영균 장편 소설

억울한 누명으로 인한 감옥살이 1년.
직장, 친구, 애인도… 모두 떠나 버렸다.

911테러 이후, 극비리에 진행된 프로젝트.
그리고 그 결과물, 슈퍼컴퓨터 HAL8999

대한민국의 평범한 청년 동범과
인류가 만든 최고의 컴퓨터에서 깨어난 존재의 만남.

Nomen est omen 이름이 곧 운명!

인류의 미래를 가르는 사건은
이 우연한 만남으로부터 시작되었다.

Book Publishing CHUNGEORAM

유행이 아닌 자유추구 -
WWW. chungeoram.com

CASTLE OF ANOTHER WORLD

강한이 장편 소설

이계 마왕성

『이계만화점』의 작가 **강한이**가 돌아왔다.
그가 전하는 신개념 마왕성의 이야기!

가족을 잃고 더부살이로 받던 설움을 떠나
서울로 상경해 우연히 얻은 셋방
그곳 지하실에서 채빈의 불행한 인생이 뒤엎어진다!

이계마왕성!

그곳에서 배워라, 지혜가 되리라!
그곳에서 얻어라, 내 것이 되리라!

마왕이 아니다. 마왕성을 이용하는 현대인일 뿐.

마왕성의 사나이, 그가 이제 날아오른다!

Book Publishing CHUNGEORAM

유행이 아닌 자유추구 -
WWW.chungeoram.com

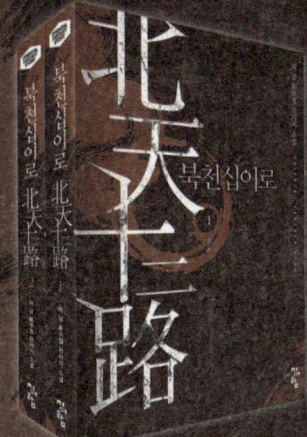

FANTASY ORIENTAL STORY

北天十二路

북천
십이로

허담 新무협 판타지 소설

먼 시간을 돌아 인간 세상에서 사라졌던
두 개의 신경이 다시 사람의 손에 들어왔다.

신경의 정한 운명의 끈에 이끌려
두 남녀가 패자와 검노의 길을 걷는다.

북천십이로!

아망과 탐욕, 비정과 정염으로 가득 찬
두 남녀의 강호행이 지금 시작된다.

Book Publishing CHUNGEORAM

유행이 아닌 자유추구 -
WWW.chungeoram.com

때로는 비천한 주방 하인
때로는 해석 못하는 무공이 없는 무학자
때로는 명쾌한 해결사

만능서생 용비,

살아남기 위해 독종이 되었고,
살아남아 통[通]하게 되었다.

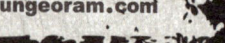